書下ろし

縁結び蕎麦《そば》

縄のれん福寿⑤

有馬美季子

お品書

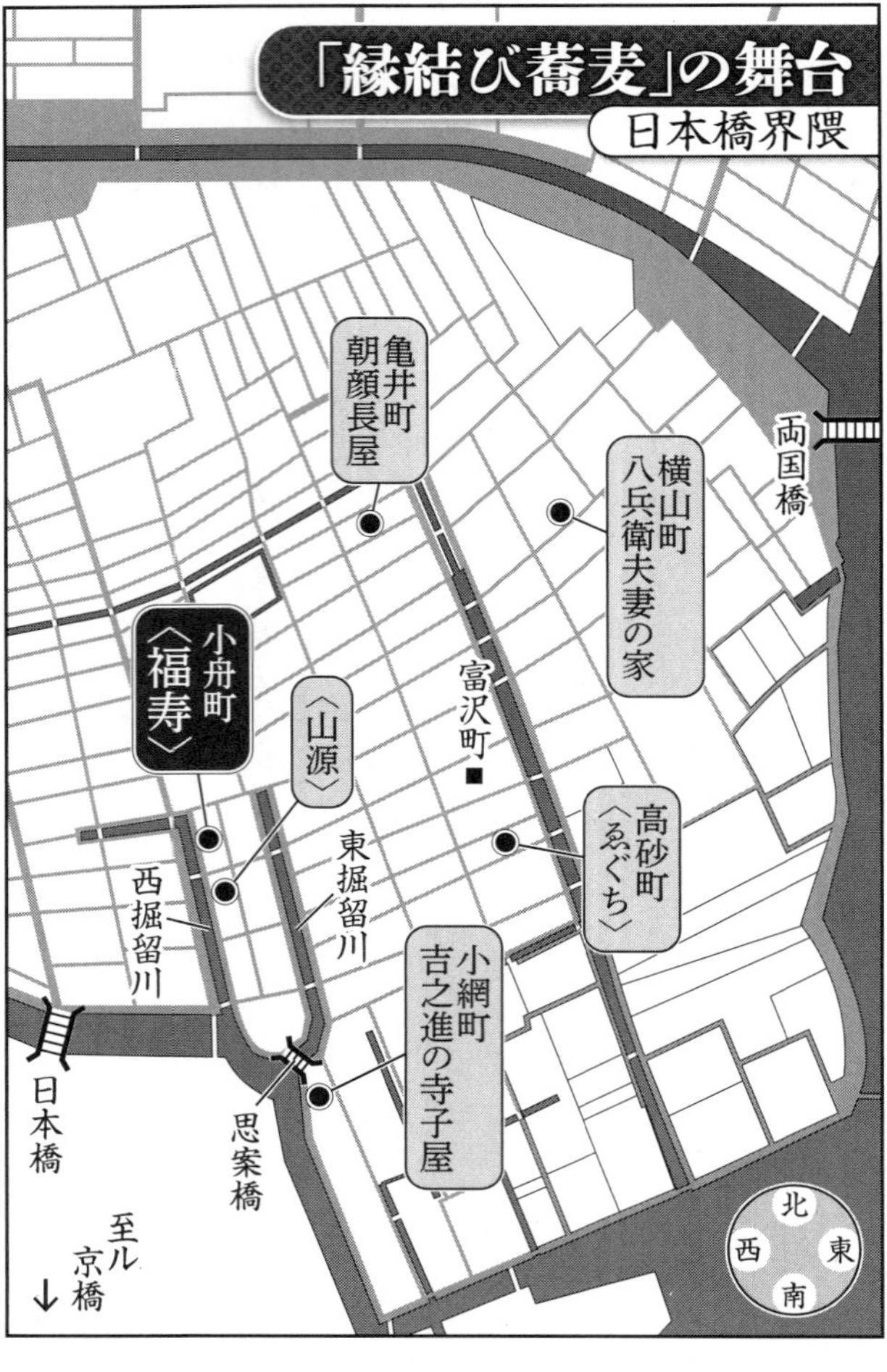
「縁結び蕎麦」の舞台
日本橋界隈
亀井町
朝顔長屋
横山町
八兵衛夫妻の家
両国橋
小舟町
〈福寿〉
〈山源〉
富沢町
高砂町
〈ゑぐち〉
西掘留川
東掘留川
小網町
吉之進の寺子屋
日本橋
思案橋
至ル
京橋
北
西
東
南

お通し　新年料理

一

よく晴れた空に、輝雲《きうん》が浮かんでいる。

文政《ぶんせい》七年（一八二四）、正月元日、お園《その》は炬燵《こたつ》でのんびり……という訳にはいかなかった。

新年を祝う為、常連の皆が〈福寿《ふくじゅ》〉に集まることになったからだ。皆、恵方詣《えほうまい》りの後、八つ（午後二時）頃に来るというので、お園は午前には起きて、支度《したく》を始めた。

——今年は、寝正月にはならなかったわね。でも、元日から皆の顔を見られるのは、やはり嬉《うれ》しいわ——

お園は張り切って身繕《みづくろ》いをした。正月らしく、薄桃色の小紋の着物に、淡黄色の帯を締める。それに襷掛《たすきが》けをし、店を整《ととの》え、仕込みに掛かった。

吉之進《きちのしん》も訪れるというので、お園はいっそう張り切っていた。

お園は数えで二十八歳、井々田《いいだ》吉之進は三十歳だ。幼馴染《おさななじみ》であった吉之進と江戸で再会したのは一年半前頃で、それから互いに支え合う仲である。吉之進が傍《そば》に居てくれたおかげで、お園は、行方《ゆくえ》知れずになっていた夫の死を乗り越えられた。

包丁がまな板を叩《たた》く音、出汁《だし》の湯気《ゆげ》が、こぢんまりとした店に満ちていく。店の前には、福寿草《ふくじゆそう》を飾《かざ》ってある。寒さが厳しい時も、それにびくともせずに可愛《かわい》らしい黄色の花を咲かせる福寿草が、お園は大好きだ。

旨《うま》そうな匂いが戸の隙間《すきま》から漏《も》れ、福寿草も微笑《ほほえ》むようにそっと揺れる。


八つ過ぎに、戸が開く音が聞こえた。

——一番初めに来るのは、八兵衛《はちべえ》さんとお波《なみ》さんね——

お園はそう思いつつ、「新年おめでとうございます！」と元気良く声を上げ、板場から顔を出した。そして目を丸くする。立っていたのは、吉之進だったからだ。予期せぬ一番乗りだ。

「おめでとう。今年もよろしく」

吉之進は照れくさそうに微笑み、お園に包みを渡した。

「手ぶらで来るのもなんだから。安酒だが、皆で呑《の》むにはいいだろう」

「まあ、ありがとうございます！　とても嬉しいけれど、お気を遣わせてしまって申し訳ないわ」

「ほんの気持ちだ。気にしないでくれ。女将《おかみ》には今年も色々世話になるだろうから、まあ、こんな俺だがよろしく頼む、ということだ」

お園は包みを抱き締め、満面の笑みを浮かべる。

「こちらこそ、こんな私ですが、よろしくお願いします。今年も色々御迷惑をお掛けしてしまうと思いますが」

「お互い様だ。俺も迷惑掛けたり、心配掛けたりするだろう」

「持ちつ持たれつ、という感じかしら」

二人が笑い合っていると、戸が再び開き、八兵衛とお波が入ってきた。

「おや、お揃《そろ》いで！　吉《きち》さん、ずいぶんと早いねえ」

「いや、昨夜は早くに寝てしまって、そのぶん早く目が覚《さ》め、恵方詣りに行ったのだが、その後何もすることがなく、早々に来てしまったんだ」

「ふうん。なるほど、独《ひと》りってのが寂《さび》しくて、女将さんの顔を逸早《いち》く見にきたって訳ね」

「二人で示し合わせて、ひと足早く会ってたのかと思ったぜ」

八兵衛もお波も、好奇の眼差《まなざ》しで、にやにやと笑っている。お園は頰《ほお》を染めて、二人を促《うなが》した。

「新年からふざけたこと言ってないで、ほら、座ってくださいな！　お酒をお出ししますので」

「はいはい。吉さんが一番乗りなんて、女将、今年は縁起が良いじゃねえか」

「そうよねえ。てっきり、うちの寿老人《じゅろうじん》かと思ったら、吉さんだった、なんて。女将さんの嬉しそうな顔が、目に浮かぶようだわ」

八兵衛は七福神の一柱、寿老人によく似ているのだ。

「ならお前なんか、毎日縁起が良いじゃねえか。いつも傍《かたわ》らに寿老人みたいなのがいるんだから」

「まあね。でもさ、寝ても覚めても隣にいると、いくら寿老人に似てるっていっても、有難《ありがた》みってのが無くなってくるのよね」

「こいつぅ」

溜息《ためいき》をつくお波の額《ひたい》を、八兵衛が指で突《つつ》く。そんな二人を眺め、吉之進は苦笑いだ。

「新年早々、相変わらずお二人はお熱いですな。……どうぞ、一杯」

お園が運んできた酒を、八兵衛夫婦へと注《つ》ぐ。

「おっ、これはこれは。吉さんに注いでいただくなんぞ、恐れ多い……。では、お返しに」

「かたじけない」

酒を注ぎ合い、酌《く》み交《か》わす。清酒の爽《さわ》やかな喉《のど》越しが、新年の始まりのみずみずしさに重なり合う。

「女将も、一杯呑もう」

吉之進に注がれ、お園も「いただきます」と、きゅっと呑み干《ほ》し、息をつく。

「皆様の笑顔に、美味《おい》しいお酒。今年も元気で頑張れそうです。張り切って、お料理、作りますね」

お園は一礼し、板場へと戻る。

ほどなく、文太《ぶんた》と竹仙《ちくせん》がやってきた。どこかで一杯引っ掛けてきたのだろう、既にほろ酔い加減だ。続いて、お民《たみ》夫婦と息子の良太《りょうた》。お民と同じ長屋に住む、幸作《こうさく》。仲郎《のぶろう》とお梅《うめ》、治夫《はるお》とお夕《ゆう》の夫婦。仲間たちが続々と訪れる。仲郎は、かつては仲郎とお梅はいい仲で、夏頃に所帯を持つ約束をしている。仲郎は、かつてはお夕を巡って治夫を敵視していたが、今では良き友人である。

「おお、皆様、集まってらっしゃいますね！」

「おめでとうございます。今年もよろしくお願いします」

今昔亭朝寝《こんじゃくていあさね》こと耕平《こうへい》とお初《はつ》もやってきて、お篠《しの》とお咲《さき》の母娘も訪れた。

「満席ですね。……また出直して参ります」

遠慮《えんりょ》するお篠たちを、お園は「そんなことありません、どうぞどうぞ」と、小上がりへと押し上げる。

「すみません、皆様、もう少し詰めてくださいね」

「ごめんなさい、私が二人分ぐらい幅を取っているから」

お初が身を縮こませる。お初は両国《りょうごく》の小屋で女相撲《おんなずもう》を取っている体格の良い娘で、治夫とは親戚にあたる。

「そんなことないさ！　それに、それを言うなら、私だって幅を取ってるんだからさ。気にしない、気にしない」

肉置《ししお》きの良いお民が、お初を励《はげ》ます。お民の夫の茂七《もしち》も調子を合わせた。

「お正月だから、細かいことは気にしなくていいんですよ。それに冬は、人が一杯いたほうが暖まりますし」

「押しくらまんじゅうしてるみたいだよね」

良太が無邪気《むじゃき》に言うと、皆、「そりゃいい。もっと温まろうぜ」と、笑う。

すると、またも戸ががらがらと開き、酒屋の手代の善三《ぜんぞう》が現れた。

「おめでとうございます！　酒も持って参りやした！」

「善ちゃん、ありがとう。今年もよろしくね」

お園が微笑み掛けると、善三は眩《まぶ》しそうにお園を眺め、照れくさそうに「こちらこそ、よろしくお願いします」と返す。この善三、お園より二つほど年下であるが、お園にほの字なのである。

善三は板場まで酒を運び、「あっしはここでいいっす」と、土間の床几《しょうぎ》に腰掛けた。お園が大きめの火鉢を置いているので、土間でも結構暖かいのだ。

「おう、皆さんお揃いで。今年も俺が最後だったようだな」

岡っ引きの辰五郎《たつごろう》親分が現れ、「俺もここでいい」と床几にどっかと腰を下ろす。

皆に酒が行き渡り、改めて乾杯となる。その音頭を、お園は八兵衛に頼んだ。

「元日からこうして集まることが出来て、嬉しいじゃねえか。この御縁が出来たのも、〈福寿〉、そして女将のおかげだ。女将にとって、そして我々にとっても良い一年であるように祈りつつ、今日は大いに楽しもう！」

「乾杯！」

皆、盃《さかずき》を掲げ、喉を潤《うるお》す。良太とお咲は甘酒だが、お園が作ったそれを、二人とも目を細めて味わった。

盃を呑み干し、お波がふぅと息をつく。

「ほんと、元日から賑《にぎ》やかって、いいわよね。……あ、今年はお久《ひさ》さんと利平《りへい》さんは呼ばなかったの？」

お久は、呆《ぼ》けて衰弱《すいじゃく》してしまったところを、お園の料理で助けられた。利平はお久の息子で、貸本屋を営《いとな》んでいる。お園は板場から顔を出して、答えた。

「あのお二人は、人日《じんじつ》（正月七日）に七草《ななくさ》のお料理を食べにいらっしゃるわ。さすがに元日はのんびりしたいそうよ。千鶴《ちづる》さんと勘助《かんすけ》さんも、七日にお見えになるはず」

「まあ、千鶴さん、私もお会いしたかったです」

お篠が言う。千鶴とは、連太郎《れんたろう》という男子の母親であるが、訳があって二人は江戸と信州《しんしゅう》と離れて暮らしている。勘助は元々は千鶴の下男であり、今も仕《つか》えている。千鶴は江戸で芸者をしており、その縁で、お篠は千鶴を知っていた。お篠も踊《おど》りの師匠《ししょう》になる前は、芸者だったからだ。

お園はお篠に答えた。

「お篠さんのこと、千鶴さんにお伝えしておきます。あ、もし御都合がつくなら、七日もいらっしゃいません？　千鶴さん、そろそろ芸者さんを辞めて、三味《しゃみ》線《せん》のお師匠さんを目指すそうですから、色々教えて差し上げれば？」

「まあ、そうなのですか。私など教えるほどの者ではありませんが、お話ししてみたいわ。七日、考えておきます」

「おおっ、じゃあ、七日も七草料理目当てに、また皆で集まるか！」

文太が吉之進の肩に腕を回し、声を上げる。

「いいですねえ、このお店があれば、毎日でも集まれますからねえ。便利です」

竹仙が、ふふふと笑う。

「あんたたち、少しは遠慮ってものをしなよ！　いくら居心地がいいって言っても、この店だいたい十五人ぐらい入ると一杯なんだからさあ」

「なら、お民姐《ねえ》さんが、七日は遠慮しなよ。そしたら席が空《あ》くからよ」

「あら、嫌だよ。私たちは七日も来るよ。ねえ、良太」

「うん、来る！　七草ぜんざい、今年も絶対、食べたいもん！」

七草ぜんざいとは、刻《きざ》んだ七草を混ぜた白玉団子に、餡子《あんこ》を絡ませたもので、お園が作るそれは毎年好評なのだ。

「ほら、結局、皆来ちまうんだよな。ねえ、女将、そろそろ店、広げればぁ！」

文太が大声で言うと、八兵衛も口を挟んだ。

「いや、大きくするのは無理だから、新しいところを借りるか、二階を使うか、だな。二階の二部屋のうち、一つは女将の住まいとして、もう一つは元々客用の座敷なんだろ？」

「そうですよ、元々は。居候《いそうろう》さんに貸したりしてましたけれどね。……はい、お待たせ」

お園がようやく料理を運んでくる。出された小皿を見て、皆の顔に笑みが浮かんだ。

「おおっ、これは正月らしくていいねえ」

皿には、黒豆、数の子、田作《たづく》りが載っている。

「新年をお祝いするお料理です。皆様の御多幸、御健康をお祈りして作っております。まだまだ出て参りますよ。ゆっくりお召し上がりくださいね」

　お園は微笑んだ。黒豆には、「マメに元気で働けますよう」。数の子には、「子孫の繁栄」。田作りには、「五穀《ごこく》の豊穣《ほうじょう》」を願う意味が籠《こ》められている。

　黒、黄、黄金《こがね》色と彩《いろど》りも良く、皆、ごくりと喉を鳴らして箸《はし》を伸ばす。嚙《か》み締め、味わい、目尻を垂らした。

「うむ、旨い！　こりゃ、今年も良い年になるに違《ちげ》えねえ！」

「この黒豆、ふっくらしてて、甘みも丁度良くて、最高」

「黒豆煮るのって、結構難しいんだよね」

「数の子、とっても美味しいわ。どうやって味をつけたのですか」

　お篠に訊《たず》ねられ、お園は答えた。

「まず数の子を塩抜きします。次に、お酒と味醂《みりん》とお醬油《しょうゆ》、昆布《こぶ》出汁、鰹節少々を煮て、冷《さ》まします。それから数の子をそれに漬けて、だいたい二刻（四時間）ぐらい置けば、出来ますよ」

「早速作ってみます。女将さんに教えてもらえて、よかったわね」

「はい。女将さん、ありがとうございます」

お篠とお咲、母娘揃って、お園に頭を下げる。十歳のお咲は、お篠に縫《ぬ》ってもらった牡丹《ぼたん》色の振袖を着ている。それが色白のお咲によく似合っており、お園は目を細めて眺めた。

「この田作りも旨いですねえ！　これだけで飯、何杯でも食えそうです」

善三もむしゃむしゃと味わっている。炒《い》ったごまめに、醬油と味醂を絡めたそれを、気に入ったようだ。

「確かに、飯にも合うだろうな。俺は酒が進んで堪《たま》らないが。この三つ、どれも酒に合うぜ」

辰五郎は一口食べては、一口酒を啜《すす》り、嚙み締めるように味わっている。お園は微笑んだ。

「お気に召していただけて、よかったです。善ちゃんに御飯をお出ししたいところですが、今お腹《ふく》が膨れてしまうと後が食べられなくなってしまいますので、締めまで我慢《がまん》してくださいね」

「も、もちろんです！　女将さんが作ったもの、沢山《たくさん》食べたいので。はい」

素直に頷《うなず》く善三に、お園は酒を注ぐ。隣に腰掛けている辰五郎にも。楚々《そそ》とした美しさを湛《たた》えるお園を、二人とも眩しげに眺めていた。

お園は板場へと戻り、次の料理を持ってきた。

「慈姑《くわい》の金団《きんとん》と、伊達巻《だてまき》、紅白の蒲鉾《かまぼこ》です。お召し上がりになってください」

目の前の皿を眺め、皆、舌舐《したなめず》りをする。出来立ての伊達巻の香りが、堪らないのだろう。吉之進が言った。

「慈姑の金団とは変わっているな。初めて食べる」

「茹《ゆ》でて磨《す》り潰した慈姑と薩摩芋《さつまいも》を練り合わせて、作るんです。慈姑には、〝芽が出る〟という意味がありますから。美味しいですよ。どうぞ」

お園に促され、金団を頰張り、吉之進は目を細めた。

「うむ。甘さも控《ひか》え目で、まったりと、これは旨い。口の中で蕩《とろ》けるようだ」

「ほんと、美味しい！　薩摩芋と合うんだね、慈姑のほろ苦さが無くなって、丁度いい感じになってるよ」

お民も声を上げる。息子の良太は伊達巻を頰張り、目を丸くした。

「母ちゃん、こっちもすんげえ旨いよ！　卵焼きかと思ったら、なんだか違う。ちょっと甘くて、すんげえふわふわしてる」

「これも蕩けるようですね」

お民の夫の茂七も、ほくほく顔だ。

「女将さん、これはお砂糖使ってるでしょ？」

「さすがお波さん。はい、少し使ってます。多く使いますと、焦《こ》げが強くなってしまいますので」

砂糖は、一昔前は高価だったが、今では下々の者にまで行き渡る品となっている。そしてお園は、伊達巻を作る時、はんぺんを使う。擂《す》り潰したはんぺん、卵、味醂、醤油、砂糖少々、昆布出汁少々を混ぜ合わせ、焼く。それを巻き簾《まきす》でしっかり巻いて、少し置き、形が整ってから、やや厚めに切る。このように出来立ても美味しいが、味が染みているので、冷めてもいける伊達巻となる。

お園は、慈姑金団に「金運と成功」、伊達巻に「華やかな暮らし」、紅白蒲鉾に「おめでたく清らかな日々」の意味を籠めて、作った。

「女将、この蒲鉾はどこかで買ったんだよな？　まさかこれも作ったのかい？」

八兵衛に問われ、お園はにっこり答える。

「はい、作りました」

「ええ？　時間掛かるんじゃないの？」

お波が驚いたような声を上げる。

「いいえ、それほど掛からないんですよ。ちょいと面倒なのは、鱈《たら》の骨と皮を取り除いて、粉々に擂り身にするぐらいで。擂り身にしたものを二つに分けて、片方は食紅《しょくべに》で色をつけてそれぞれ形作って。少し寝かせて、それから四半刻（三十分）ぐらい蒸せばいいんです」

皆、ほぅと感嘆する。文太が紅蒲鉾を箸で摘《つま》み、しげしげと眺めた。

「女将が手間暇掛けて作ってくれたものを、こうして一口、二口であっという間に食っちまうんだからな。旨くとも、儚《はかな》いもんだな」

「いや、儚いから美しいんですよ。それが美味、に繋《つな》がる、と」

竹仙が訳知り顔で言い、お波もしみじみと頷く。

「料理は儚く消え、しかし、舌に残る美味しさは永遠ってことね」

「お前もたまにはいいこと言うじゃねえか」

三十と六つも歳の離れた恋女房の耳に、八兵衛がそっと息を吹き掛ける。そんな二人を、幸作はにやにやと眺める。

「いいねえ、新年早々、お熱くて。俺も今年こそはいい女《ひと》を見つけたいよ」

「あら、お爺《じい》さん、あたしも協力するわ。どんな人がいいの？」

お梅に問われ、幸作はいっそうにやける。

「そうさなあ……。この金団みたいに、まったりと甘くて、伊達巻みたいにふわふわ、ふっくら。そいで紅蒲鉾みたいに、ほんのり色づいてる。そんな女がいいねえ」

「あら、じゃあ、あたしみたいのじゃない！」

お民がけらけらと笑って、自分を指差す。皆、つられて笑うも、幸作は「まあ、なんとでも言えるわな」と、苦笑いで紅蒲鉾を口に放り込んだ。

賑やかに話が弾《はず》む中、お園は次の料理を運んだ。

「紅白なますと、菊花蕪《きくかかぶ》です。酢の物で、お口をさっぱりなさってください」

「あら、綺麗《きれい》ねえ」

見目麗《みめうるわ》しい酢の物に、皆、うっとりする。紅白なますは、大根と人参《にんじん》を千切りにして酢で和《あ》えたもの。菊花蕪は、皮を剝《む》いた蕪に細かく切れ目を入れ、塩水に漬けて、菊の花のように開かせたものだ。お園は食紅を使い、菊花蕪も紅白二種、作った。

菊花蕪を頰張り、嚙み締め、八兵衛が唸《うな》った。

「この歯応え、この酢の加減。絶妙だぜ、女将」

「なますも、いいわあ。これ、山葵《わさび》入れてる？」

「はい、そのとおりです。甘酢と山葵を使ってみました」

「口の中がさっぱりするねえ。本当に美味しい」

皆、笑顔で、酢の物をしゃきしゃきと味わう。皆が喜んでくれると、お園も心底嬉しくなる。

「なますも菊花蕪も、縁起物ですから。縁起の良いものを召し上がって、皆様、今年もどうぞ縁起の良い一年でありますよう」

紅白なますは、その色合いが吉事の水引《みずひき》にも通じることから、縁起物とされ、祝いの席には欠かせない。

菊花蕪は、不老長寿の象徴《しょうちょう》とされる菊を象《かたど》っているゆえ、同じく縁起物の料理とされる。菊には、その強い香りで邪気を祓《はら》う力もあるという。

お園は皆に一礼し、再び板場へと戻る。美味しい料理で酒も進み、皆、「最高の正月だ」と口々に言う。

お園が次に運んだのは、野菜の煮物と、海老《えび》の煮物。野菜には里芋、人参、蓮根《れんこん》、手綱蒟蒻《たづなこんにゃく》を使い、醤油、味醂、酒、鰹出汁《かつお》で味をつけた。海老は背ワタを取り除き、同じく醤油、味醂、酒、鰹出汁で殻《から》ごと煮る。

里芋には、「子宝に恵まれる」という意味が、蓮根には「見通しが良い」という意味が、手綱蒟蒻には「手綱を引き締めて一年を過ごす」という戒《いまし》めの意味と、「結び目が縁結びに通じる」という縁起担《かつ》ぎの意味もある。

また海老は、その姿から腰の曲がった老人を思い起こさせ、「長寿を願う」という意味が籠められている。

味の染み込んだ野菜や海老を嚙み締め、皆、しみじみと言った。

「食積《くいつみ》の料理も、こうしてお皿に載っていると、本当に雰囲気が変わるわね。味もまったく違うわ」

「食積ってのは、正月に楽する為の作り置きだからなあ。出来立てには敵《かな》いっこねえわな」

「俺なんか食積作ってくれる人がいねえから、こういうの出してくれると有難くて仕方がないぜ」

「あたしも作れるようにしておかなくちゃ。女将さん、お正月料理の作り方、今度教えてね」

お梅に愛らしい笑顔で言われ、お園は「もちろんです」と答える。お梅の隣で、猪《いのしし》にも似た風貌《ふうぼう》の伸郎は頰を赤らめる。そんな二人を眺め、治夫とお夕も嬉しそうだ。

「お正月からこんなに美味しいものをいただけるなんて、子供を親に預けてきた甲斐《かい》がありました」

「私も、女将さんに作り方を教えてほしいです」

二人とも静かだが、微笑みを絶やさない。

「もちろんです。今度、お夕さんとお梅さんの為に、一日手習い所を開きましょうか」

お園が言うと、お波が「あたしも参加する！」と手を挙げ、お民、お初、お篠、お咲まで「私も！」と続く。

「結局、なんだかんだと、皆で集まりたいんじゃねえか」

八兵衛が呆《あき》れたように言い、店が笑いに包まれた。

煮物を食べ終わる頃には、皆、満腹になりつつあった。

「酒を呑みながら食うせいか、結構、溜《た》まるな」

お腹をさすりながら、辰五郎が呟《つぶや》く。

「女将さんの仰《おつしや》るとおりでしたぜ。先に飯を食ったりしたら、食べられなくなるところでした」

そう言って、善三は目尻を掻《か》く。お園は微笑みながら、締めの料理を持ってきた。

「これでお料理は、一応最後となります。お雑煮《ぞうに》、お召し上がりください」

鰹と昆布を併《あわ》せた出し汁を醤油と酒で加減して、大根、人参、三つ葉、蒲鉾の他に鰤《ぶり》も入れた。餅《もち》は一つでも、なかなか食べ応えがある。

皆、「もうお腹一杯」と言いながらも、湯気の立つ雑煮に食らいついた。

「実に旨い！　鰤の雑煮ってのは、なんとも言えんな」

「これは、いくらでも食べられちゃうね」

「餅、もう一つ欲しかったなあ」

「女将、お代わりくれ！」

「こっちも！」

皆、ぺろりと平らげ、結局、全員お代わりをすることとなった。

「鰤は出世魚ですからね。皆様のますますの御活躍を願って、お雑煮に入れました。沢山召し上がって、いっそう御活躍くださいね」

お園は微笑み、お代わりをよそいに、板場へと戻る。

皆、正月から大いに食べ、呑み、笑い、騒ぐ。お園は仲間たちの笑顔を眺めながら、心の底から願っていた。

——どうぞ皆様、今年も幸せでありますように——

二

三が日が終わり、四日の昼、吉之進が長屋で書を読んでいると、腰高障子《こしだかしょうじ》を叩く者がいた。

「はい」

吉之進が答えると、腰高障子がそっと開き、女人が顔を覗《のぞ》かせた。長屋には相応《ふさわ》しくないような、艶《あで》やかな絹《きぬ》の振袖を纏《まと》っている。女人は悪戯《いたずら》っぽい笑みを浮かべて、吉之進を見ていた。目鼻立ちのはっきりした、勝気そうな美人だ。

その顔にどこか見覚えがあり、吉之進は目を瞬《またた》かせ、何度か擦《こす》り、そして思いついた。

「ああ、文香《ふみか》！　これは久しぶりだが、どうしてここに？」

文香と呼ばれた女人は、肩を竦《すく》めて苦笑した。

「どうしてここに、なんて、吉之進様、相変わらず不愛想ですわね。吉之進様を心配して、様子を見にきたに決まっているではありませんか」

「そうか。いや、心配掛けて、すまない。俺はこのように、どうにかやっている。……まあ、中に入ってくれ。むさ苦しいところだが」

文香は吉之進の住まい兼寺子屋へと足を踏み入れ、珍《めずら》しそうに眺め回した。

「こんなところで暮らしていらっしゃるのね。……雪江伯母様《ゆきえおば》にお伺いしていたけれど、想像していた以上に、お粗末《そまつ》だわ」

お粗末と言われ、今度は吉之進が苦笑いだ。

「どんなところでも、住めばそれなりに良いところになってくるものだ」

そう言って、吉之進は心の中で付け加えた。

──文香のような者には、分からないだろうが──、と。

綾川《あやかわ》文香は、吉之進の母方の親戚の娘であり、吉之進とは「はとこ」の関係にあたる。

吉之進の母親の雪江は、表右筆《おもてゆうひつ》の家系で、吉之進の父・吉之助《きちのすけ》に嫁《とつ》いできたが、武家の誇りに強い拘《こだわ》りがあり、文香もその矜恃《きょうじ》を強く持っている。その気位の高さも魅力になってしまうほど、二十歳の文香は、美しく、潑剌《はつらつ》としていた。

吉之進は文香が赤子の頃から知っており、それゆえ妹のようなもので、名前も呼び捨てにしていた。

「吉之進様が突然いなくなってしまって、私、とても心配だったのよ。伯母様だって、それは心配してらして……。原因は、聞いたわ。あの紗代《さよ》さんって人のことだったんでしょう？　でも帰っていらしたということは、もう、ほとぼりが冷めたということよね」

　文香は吉之進の目を真っすぐに見て、話す。自分の魅力が分かっているからだろう、文香は少しも物怖《ものお》じしないのだ。吉之進も文香から目を逸《そ》らさず、答えた。

「ほとぼりが冷めたというより、拘りが無くなったのだ。江戸を嫌う理由が、無くなった」

「あら、それはどうしてかしら」

　吉之進は一息つき、答えた。

「それは……久方ぶりに江戸へ戻ったら、前には周りにいなかったような、良い仲間たちに出会えたからだ」

「仲間、ね。ふうん」

　文香はふっと笑い、再び吉之進を真っすぐ見た。

「まあ、江戸へ戻ってくれたのは、嬉しいわ。……こうして、またお会い出来るようになったのですもの」

文香は吉之進に熱い眼差《まなざ》しを送り、部屋をまたも眺め回した。

「ああ、すまぬ。どうぞ上がってくれ。狭くて何もないところだが」

「……お邪魔します」

文香は上がり框《かまち》を踏み、吉之進に出された座布団に座った。部屋には寺子たちが書いた書なども貼ってある。

吉之進は湯を沸かし、文香にお茶を出す。文香は背筋を正し、「いただきます」とそれに口をつけた。

「寺子屋をなさってるのね。吉之進様なら、上手《うま》く立ち回れば、仕官の話もあるのではないかしら」

「いや、俺は今の暮らしで満足しているのだよ。それに家督《かとく》は弟が継《つ》いで、俺はもはや浪人だからな」

文香はお茶を啜り、溜息をついた。

「なんだか、もったいないような気がするわ。吉之進様がこのままだなんて」

吉之進は文香を真っすぐに見た。

「申し訳ないが、文香が知っている俺は、もういなくなってしまったのだよ。同心を辞めて、江戸を離れて色々な地を巡っているうちに、すっかり別の者になってしまったようだ」

「……生まれ変わった、と？」

「そうかもしれぬ」

二人は眼差しをぶつけ合う。文香が訊《たず》ねた。

「江戸を離れて、どこでどのようなことをなさっていらしたの？」

「北は陸奥《みちのく》から南は安芸《あき》まで、放浪していた。その日暮らしで、野宿をしたり、頼んで寺や民家に泊めてもらったこともあった。畑仕事を手伝ったり、用心棒をしたり、行商を手伝ったりして駄賃を稼《かせ》いでな。我ながら呆れるほどの道を外《はず》れた暮らしだったが、今思えばそれも必要だったのだろう」

「……本当に？」

文香は怪訝《けげん》な顔をしている。吉之進は力強く言った。

「ああ、まことに、いい経験をした。色々なところへ行き、様々な人たちに出逢《であ》い、実に興味深かった。ついには信州の山奥へと行き、そこで剣の師匠と出逢い、教えを請《こ》うたのだが、それが俺の人生を変えた。今にして思えば、あの数年が俺を成長させてくれたのだろう」

「同心の地位を失ってしまったというのに？」

「いや、得たもののほうがずっと多かったのだ」

吉之進は文香を見つめ、微笑んだ。文香は再び溜息をつき、紅《あか》い唇を少し噛む。

「それで今は、寺子たちに教えるお師匠様ということね。なるほど、さすがは吉之進様だわ。無頼漢《ぶらいかん》を気取っていた時期があったようだけれど、真っ当なところに落ち着くのですものね」

「……相変わらずだな、文香は」

吉之進はまたも苦い笑みを浮かべる。

「だって、吉之進様は優秀でいらっしゃったじゃない、子供の頃から。私の兄なんかより、ずっと」

「そんなことはない。恭一郎《きょういちろう》殿は学問も武道も、俺などより遥《はる》かに優《すぐ》れていらしたではないか」

すると今度は、文香が苦笑いをした。

「確かに恭一郎お兄様は、優秀だわ。父の後を継いで、表右筆として立派に務《つと》めているもの。……私が言っているのは、恭史郎《きょうしろう》お兄様のことよ」

「ああ、恭史郎か。あいつは元気でやっているのか」

恭史郎は、吉之進より二つ下の二十八歳。幼い頃から喧嘩《けんか》っ早く、そんな恭史郎を、吉之進はよく気に掛け、可愛がっていたのだ。

「まあ、元気といえば元気だけれど……」

「どうかしたのか？」

歯切れの悪い文香に、吉之進が訊ねる。文香は躊躇《ためら》いつつ、口にした。

「それが……恭史郎お兄様のことで、困っているの。お兄様の、お仕事のことなんだけれど」

「あいつは、もう家を出ているんだろう？」

「ええ、傘《かさ》張《は》りの内職をしながら、戯作《げさく》を書いているの」

「ほう、戯作とは！　そういえば恭史郎は、学問や武道そっちのけで、よく書物を読んでいたな」

「そうなのよ……それで心配していたんだけれど、やはりそちらの道を志《こころざ》してしまったようで、それで苦心しているの」

「好きなことをして苦労をするなら、本望であろう」

幼い頃から知っている恭史郎が、自分の道を見出してくれたことが嬉しく、吉之進は目を細める。しかし文香は、大きな溜息をついた。

「そんなに悠長なことを言っていられないのよ。お兄様、真剣に困ってしまっているんですもの。……なんでも版元に、『戦国時代を舞台に、武将と食べ物の話について書いてほしい』と頼まれて書き上げたものの、評判が良くなくて、まったく売れなかったのよ」

「ほう……武将と食べ物の話とは、興味深い」

「上手に書ければ興味深いものになるのだろうけれど、お兄様はそのように書けなかったのね。それで、困り果ててしまっているの。……おまけに、お兄様、一方的にだけれど敵意を抱いている戯作者に追い上げられて、それも悔しいみたい。その人、普段はボーッとした、なまっちろい男なんですって。それなのに奇想天外で痛快な話を書くらしくて、『どうしてあんな薄《うす》ら莫迦《ばか》のような奴が！』と、お兄様の苛立《いらだ》ちは余計に募《つの》るって訳なのよ」

その、ボーッとした男にいきり立っている恭史郎を想像し、吉之進は思わず笑いそうになったが、堪《こら》えた。

「それで、恭史郎はどのような戯作を書いたのだ？」

吉之進が問うと、文香は答えた。

「織田信長《おだのぶなが》と明智光秀《あけちみつひで》の関係、つまりは『本能寺《ほんのうじ》の変は、料理がきっかけとなって起こった』、というお話よ。天下統一を目前にした信長は、徳川家康《とくがわいえやす》を安土城《あづち》に迎えたわよね。その時、世話役を命じられた明智光秀が家康に用意した料理があまりに豪華だった為に、信長は怒り、そのことが本能寺の変へと繋がっていったという説があるじゃない。そのことに基《もと》づいた話を、お兄様は書いたの。傲慢《ごうまん》な信長、裏切る光秀、その関係を、激しく、面白く、ね。……ところが、まったく不人気だったのよ。渾身《こんしん》の作だったから、さすがのお兄様もしょげてしまったの」

「なるほど、本能寺の変、か。あいつの好きそうな話だな」

　吉之進は、恭史郎がぎらぎらと個性の強い男であったことを知っているゆえ、そう思った。

「お兄様、版元からは、『次の戯作を失敗したら、もう頼まない』、というようなことを言われているみたい。同じ主題で、もう一度機会を与えてくれるようだけれど、お兄様は料理のことなどまったく分かっていないから、ちゃんと書けるか心配なの。……お兄様は独り立ちしているから、直接は綾川家には関りはないのだけれど、ちゃんと成功してくれないと、やはりこちらの面子《めんつ》が立たないのよね。次男であろうとも、綾川家の子息なのですもの。お兄様、このままじゃ本当に情けないわ」

文香の仏頂面《ぶっちょうづら》を見ながら、吉之進は——やはりそういう訳か——と思いつつ、提案してみた。

「俺の知り合いで、縄のれんを営んでいる女将がいるんだ。料理のことは、その人に相談してみたらよいと思うのだが」

文香は吉之進をじっと見つめ、顎《あご》を少し上げた。

「聞いたわ。お園って人のお店に、よく行ってらっしゃるそうね。小さなお店で、お酒も出すのでしょう？　吉之進様が、そんなお店に通っていらっしゃるなんて……」

文香が浮かべている笑みには、嘲《あざけ》りのようなものが微《かす》かに窺《うかが》え、吉之進は口を閉ざしてしまう。

文香は静かにお茶を啜り、一息ついて、言った。

「でも、よろしかったら、そのお店に、私を連れていってくださる？　どのようなお店か、見てみたいわ」

「……いいだろう」

吉之進は低い声で答える。文香の勝気そうな目が、きらりと光った。

三

吉之進が文香を連れて長屋を出ると、井戸端に集《つど》っていたおかみさんたちと目が合った。

「あら、お師匠さん。こんにちは」

「こんにちは」

挨拶《あいさつ》を返すも、おかみさんたちの目に好奇が浮かんでいるのが分かり、吉之進は少しばかり狼狽《うろた》える。吉之進はさりげなく文香を紹介した。

「親戚の娘で、はとこにあたります。今から〈福寿〉に行って、昼飯を食べて参ります」

「ああ、そうなんだ。ってことは武家の娘さんか。やはり違うねえ」

文香は一歩前に出て、おかみさんたちに恭《うやうや》しく礼をした。

「吉之進様がいつもお世話になっております。あたくし、綾川文香と申します。吉之進様とは幼少の砌《みぎり》から親しくしておりました。どうぞお見知りおきを」

「それはそれは……こちらこそ、よろしく」

自信に溢《あふ》れた文香を、おかみさんたちは眩しそうに眺める。吉之進は、「すぐに帰って参ります」と、文香を連れて、長屋を後にした。

小網町《こあみちょう》から小舟町《こぶなちょう》まで、文香はやけに吉之進の後ろで身を擦《す》り寄せながら歩いた。

「ねえ、あたくしたち、こうして並んでいると、はとこ同士にはきっと見えないわよね。……想い人同士と思われるかしら、ふふふ」

「文香のような身なりの女人と俺では、そうは思われないだろう。釣り合いが取れまい」

吉之進はまたも苦笑いだ。絹の美しい振袖姿の文香を、振り返って見る者もいる。総髪で着流しの浪人姿の吉之進とは、やはり違いがあった。

「あら、そんなことないわ。吉之進様、御自分を卑下《ひげ》することなくてよ。元々は武家の嫡男《ちゃくなん》なのですもの。御自分では気づかなくても、育ちの良さは滲《にじ》み出ているわ」

文香の言い方に、吉之進は苦笑いを繰り返す。言葉に出さなくとも、吉之進は心の中で思っていた。

——文香のこの無邪気な優越というのは、何の苦労もなく育った者に特有のものであろう。……そう考えると、羨《うらや》ましくもあるが。良いな、若いというのは――

掘割《ほりわり》に架かる橋の前で、吉之進が言った。

「橋を渡ると、向こうが小舟町だ」

「この橋はなんていう名なの？」

「思案橋《しあんばし》だ。思い案ずる、橋」

文香は吉之進を見つめた。

「吉之進様に、ぴったりだわ」

吉之進も文香を見つめ返す。

「何かを思案して、思い巡らせ、思いあぐねて、今の場所に居るのではなくて？」

文香の眼差しは、射るように鋭い。吉之進は笑みを浮かべ、返した。

「俺がたとえ何かに思いあぐねていたとしても、渡ってしまえば、あちら側に答えがあるということだ」

吉之進は、小舟町を指差す。文香は不機嫌《ふきげん》そうな顔で黙ってしまった。

静かに流れる川は、午後の柔らかな日差しを受け、煌《きら》めいている。

た。

「行こう」

吉之進はさっさと橋を渡り始める。文香も「お待ちになって」と、後に続い
小舟町一丁目の〈福寿〉に着くと、文香は「ふうん」と呟きながら、入口を眺め回した。

「本当に繁盛《はんじょう》しているのかしら。お客さんの声が聞こえてこないけれど」

「今、ちょうど昼の休み刻《どき》だろう。でも女将は優しいから、頼めば何か作ってくれるさ」

「なるほど。吉之進様には特別って訳ね。それほど顔馴染みってことね、こんなお店に」

吉之進は何も言い返すことなく、戸を開いた。襷掛けに、姉さん被《かぶ》りのお園の姿が目に入り、なぜだかほっとする。

「あら、吉さん、いらっしゃいませ！」

満面の笑みで声を出すも、吉之進の後ろにいる女人を見て、お園は——おや？

——と目を瞬かせた。吉之進はお園に頭を下げた。

「休み刻にすまぬが、何か食べさせてもらえないだろうか。こちらは俺の親戚

の」

　すると文香が吉之進を遮《さえぎ》り、自ら名乗った。

「あたくし、吉之進様のはとこの者で、綾川文香と申します。表右筆の綾川家の、長女でございます。歳は、二十歳。幼少の砌より、吉之進様には、それはそれは、御親切にしていただいておりました。母から聞きましたが、吉之進様は赤子だったあたくしを、宝物のようにそれは大事に抱いて、あやしてくださったそうです」

　勝ち誇ったような文香の笑顔が、お園を戸惑《とまど》わせる。お園は、ちらと吉之進を見た。吉之進も困ったような顔をしていたが、文香が赤子の時から可愛がっていたというのは本当であろう。お園は思った。

　──文香さん、良いところのお嬢様なのね。美しくて、若くて、自信に溢れているわ──

　微かな息苦しさを覚えつつも、お園は気持ちを落ち着かせた。

「そうなのですか。お二人、仲がよろしいのですね。文香さんのお口に合うか分かりませんが、お料理、お出ししますね。……あ、私はこの店の主で、園と申します」

文香はまた前に一歩出て、胸を張った。

「貴女《あなた》のことは伺っておりました。あたくし、本当はこのようなお店に来たくはなかったのですが、貴女がどんな方か拝見したくて、今日は参りました」

「どうした？　無礼が過ぎるぞ」

さすがに吉之進が口を挟む。お園は苦笑いで答えた。

「それは申し訳ございません、小さなお店で」

「本当に狭いですね。あたくし、情けないです。吉之進様がこんなお店に通って、こんな方と親しくなさってるなんて。まあ、単にお料理が美味しいからでしょうけれど。……貴女にお会いしてみて、思いましたわ」

文香はお園を眺め、くすくすと笑った。お園だって小綺麗な身なりをしているが、艶やかな絹の着物には見劣《みおと》りはするであろう。お園は自分が酷《ひど》く惨《みじ》めななりをしているように思え、俯《うつむ》いてしまう。吉之進は声を少し荒らげた。

「文香、今日は兄の相談にも乗ってもらいたく、ここに来たのではあるまいか？」

「……そうね。まあ、まずはお料理をいただいてみてからね。上がってよろしいかしら？」

小上がりをちらと見ながら、文香が訊ねる。

「あ、はい。すみません、気が廻《まわ》らず。どうぞ、お上がりになって、お寛《くつろ》ぎください」

お園は慌てて二人を小上がりへ通し、お茶を出した。

「急いで御用意しますので、もう少しお待ちくださいね」

丁寧《ていねい》に頭を下げ、お園は板場へと行く。文香の甲高《かんだか》い笑い声が聞こえてきて、どうしてか自分が嘲笑《あざわら》われているようで、お園の心は揺れた。

――知らなかったわ……吉さんには、文香さんのような親戚がいるのね――

吉之進が急に遠い人のように思え、お園は目を瞑《つむ》った。いつ頃からか忘れていた身分の違いというものを、改めて思い知らされたようで、胸が痛くなってくる。

お園は、吉之進が文香を呼び捨てにしていることも引っ掛かった。それだけの親しさを感じるからだ。

――吉さんは、私のことをいつも〝女将〟と呼ぶだけで、〝お園〟と名前で呼んでくれはしないもの――

複雑なものが込み上げる。

――吉さんは身分を捨てたと言っているけれど、やはり武士なんだわ。町人の私とは、違う。生まれも育ちも、周りも……――

お園は手を懸命《けんめい》に擦り合わせ、震えを止めた。

――しっかりしなくちゃ。私は料理人なんだから。どんなことがあったって、お客様には、心を籠めたお料理を出さなければ――

胸に手を当て、大きく深呼吸をし、お園は包丁を握《にぎ》った。亡夫の父親から譲《ゆず》り受けた、大切な包丁だ。手の震えは止まった。お園は落ち着きを取り戻し、料理を始めた。

「お待たせいたしました」

お園が運んできた料理を、文香はじろじろと眺めた。

「今ある材料で作りましたので、このようなものしかお出し出来ませんが、お召し上がりいただけましたら嬉しいです」

「いや、充分だ。昼餉《ひるげ》の刻が終わったばかりというのに、我儘《わがまま》言って悪かった。有難くいただこう」

吉之進の微笑みが、お園の心を優しく包む。お園の顔にも笑みが戻り、料理を簡単に紹介した。

「大根と油揚げの炊き込み御飯、大根の葉となめこのお味噌《みそ》汁、梭魚《かます》の塩焼き、大根のべったら漬け、そして、南瓜《かぼちゃ》と金時豆《きんときまめ》のはとこ煮です」

「いとこ煮ではなくて、はとこ煮か？」

「はい。南瓜と小豆《あずき》で作るのが〝いとこ煮〟なら、金時豆で作れば〝はとこ煮〟かと思いまして。お二人の間柄《あいだがら》を考え、作ってみました」

吉之進は穏《おだ》やかな眼差しで、お園を見た。

「なるほど、そういう訳か。俺たちに気遣ってくれたのだな。かたじけない」

「そんな……。本当はもっと、お正月らしいお料理を出したかったのですが、材料が足りなくて。申し訳ございません」

「いやいや、どれも旨そうだ。早速いただこう」

お園の心遣いに、文香は意外そうに一瞬目を見開いたが、すぐさま澄《す》ました様子で頷いた。

「……いただきます」

吉之進と文香は、料理に箸をつけた。まず味噌汁を啜り、御飯を頬張る。文香の表情が少し変わった。御飯を嚙み締め、吞み込み、吉之進が声を上げた。

「これは旨い。大根と油揚げというのは、これほど合うのだな。飯に味と油が染み込んで、いくらでも食えそうだ。匂いも、そそる」

吉之進は口を大きく開き、次々頰張る。

「ありがとうございます。細く短冊《たんざく》切りにした大根は、御飯に溶け込むように合いますよね。白胡麻《しろごま》も振っていますので、利《き》いているのではないかしら」

「べったら漬けも旨いなあ。べったら漬けはずっと苦手だったのだが、女将が作るのを食うようになってから好きになった。甘過ぎず、酒にも合う」

「お砂糖を使わないで、麴《こうじ》と飴《あめ》で作るので、甘過ぎずに仕上がるのでしょう」

吉之進は梭魚にも「脂《あぶら》が乗っていて旨い」、はとこ煮にも「味が柔らかく染みていて旨い」と、「旨い」を連呼するのだが、文香は何も言わずに黙々と食べる。お園は、仏頂面の文香が気掛かりだったが、文香も米粒一つ残さずすべて平らげた。

「御馳走様《ごちそうさま》でした」

お茶を啜る文香に、吉之進が言った。

「どうだ、この店の料理は旨いだろう？　料理のことは女将に訊《き》くとよい。力になってくれるぞ」

「……そうね、不味《まず》くはないわ」

文香は、きっとして言い放った。

「でも、結局は、庶民の味ね。こちらのお料理では、兄上の参考にはならないでしょう。だって、兄上が描くのは、〝武将が食べるようなもの〟じゃなければならないのよ！　庶民が食べるものとは違うわ」

文香に睨《にら》まれ、お園は思わず身が竦《すく》み、顔が強張《こわば》る。文香は吉之進を急《せ》かした。

「もう帰りましょうよ。あたくし、このようなところに長居はしたくないわ。知っている人に万が一に見られでもしたら、恥ずかしいもの。早く吉之進様のお家へ、あたくしを連れて帰って」

吉之進がお園を見つめる。お園はそっと目を伏せた。吉之進は「また来よう」とお代を置いて立ち上がり、文香を連れて〈福寿〉を出た。出る前、吉之進はお園に向かって、深く頭を下げた。

二人が帰り、お園は少しの間じっと佇《たたず》んでいたが、気を取り直し、片付け始めた。しかし、手が滑《すべ》り、皿を落としそうになってしまった。

――駄目ね、少し言われたぐらいで動揺して。しっかりしなくちゃ――

そう思うものの、文香の言葉が蘇《よみがえ》り、お園は苛《さいな》まれる。新年の始めから、お園の心はざわめくのだった。

その夜、お園があまりに元気がないので、八兵衛が「どうしたんだい」と訊ねた。夕餉の刻が始まった頃で、丁度他にお客がいなかったので、お園はあったことを正直に話した。八兵衛とお波夫婦は信頼が置けるし、お園の吉之進への想いにも気づいているからだ。

二人はお園の話を聞きながら、徐々に八兵衛はむすっとした顔になり、お波は目が吊《つ》り上がっていく。話が終わる時には、夫婦揃って声を上げた。

「嫌な女だね、その文香っての！」

お波は、お園が作った蓮根のきんぴらをむしゃむしゃ頬張りながら、いっそう目を吊り上げる。

「吉さんも吉さんよね！　はとこか何か知らないけれど、そんな女、怒鳴《どな》り飛ばしてやればよかったのにさ！　庶民を舐《な》めるんじゃないってのよ、まったく」

おかんむりの妻を眺めつつ、八兵衛は些《いささ》か冷静に言った。

「まあ、吉さんは〝お見通し〟なのかもしれんけどな。その、お前が貪《むさぼ》り食ってる蓮根みたいによ」

「あら、何をお見通しってのよ?」

「この店に居る時に、その文香ってのを怒ったりしたら、余計に話がこじれると思ったんだろうよ。文香が腹いせに、女将に尚更《なおさら》突っ掛かったりしたら、女将がいっそう傷つくことになるだろ? 火に油を注《そそ》ぐ、じゃねえけどよ。だから、余計なことは言わずに、さっさと連れて帰ったんだろう。吉さんのことだから、明日にでも謝りにくるだろうよ」

「まあ、そんなところだろうけれどさ。でも、お見通しなら、初めから〈福寿〉にその女を連れてこなけりゃよかったじゃない。そういうところ、吉さんって本当に鈍《にぶ》いんだもん。それとも、文香って女の自分に対する気持ち、気づいてないのかしら」

「そこまであからさまなら、さすがの吉さんでも、薄々とは気づいているだろうよ」

「それなら女将さんと会わせたら、どういうことになるか分かるでしょうよ! いくら吉さんみたいな、すっとこどっこいだって!」

「そう怒んなさんな。女将の話に依《よ》ると、文香は兄さんのことで何か困っていて、それが料理に関することらしいから、吉さんは女将に引き合わせようとしたんだろう。それなのに、文香が女将にヤキモチ焼いて、そんなことになってしまった、と」

「そうよ、ヤキモチよ、女将さん！　文香って女、吉さんが女将さんに気があるって、女の勘で分かったのよ。それで意地悪したくなったってこと！　まったく、気位ばかり高い阿呆《あほう》な女のくせに、そういう勘は働くんだから」

「そうそう。女将、だから気にすることはねえよ。文香は女将のことを、一方的に恋敵《こいがたき》と思っている訳だ」

「女将さんは文香なんて、気にも留めてなくてもね。ああ、やだやだ、女の嫉妬《しっと》って！」

お園は、二人の話に苦笑いしつつ、ふと思った。

――お波さんが言うように、私、本当に文香さんのこと、気に留めていないかしら？　……ううん、そんなことはないわ。だって、あの人に会ってから、ずっと気に掛かっているもの――

お園の脳裏《のうり》に、文香の、高飛車《たかびしゃ》ながら生き生きとした美しさが蘇る。高価そうな着物も、簪《かんざし》も。

少し考え、お園は正直に言った。

「お心遣いのお言葉、いつもながらありがとうございます。……でも、文香さんのこと、気にならないといえば嘘《うそ》になるわ。なんていうか、私とは住む世界が違う人って、強く感じたの。だから、そういう文香さんと親しい吉さんも、やはり本当は、私には遠い人なのかもしれないと思って」

声を少し掠《かす》れさせたお園を、二人は心配そうに見つめる。八兵衛は酒を舐め、「でもよ」と切り出した。

「ちょっと気になったんだが、文香ってのは、吉さんの母方の親戚で、表右筆の家系といっただろ。表右筆って確か、同心より随分《ずいぶん》格上だと思ったぜ。だから、文香が気位が高いというのは分かるのだが……こういっちゃなんだが、吉さんの母親ってのは、なんでまた格下の同心のとこへ嫁《とつ》いだんだろうな」

「確かに、そう言われてみれば、そうよね。吉さんの親御さんってのも、話を聞くに、どちらも気位が高いというか、武家に拘《こだわ》りがある人たちみたいだものね。その拘りがある人たちが、格を考えずに一緒になるなんてこと、有り得ないようにも思うけれど」

表右筆は旗本であるし、組頭で役高三百俵、それ以外でも役高百五十俵である。同心は御家人であり、役高三十俵であるから、その差は大きい。八兵衛たちに言われ、お園もそのことに思い当たった。文香にぶつけられた言葉で頭が一杯になっていて、気づかなかったのだ。

「……どうしてなのかしらね。武家の世界のことはよく分からないけれど、単に、吉さんのお父様のことを好いていらっしゃったからではないかしら」

「だったら、吉さんが昔好いていた人にも、もっと理解を示したんじゃねえかな。酷いことを言ったんだろ。うちとは格が違う、みたいな」

「おかしな話よね。自分たちだって格が違う、ってことをやっておきながら、息子が好いた相手に対してそんなことを言うなんて」

お波はぶすっとしながら、蓮根のきんぴらを、八兵衛のぶんまで横取りして、むしゃむしゃ食べる。お園は見兼《みか》ねて、板場へ行って、きんぴらを皿に山盛り持ってきた。

お園が作るきんぴらは、蓮根でも牛蒡《ごぼう》でも、味がピリリと利いて、絶品と評判なのだ。八兵衛は「ありがとよ」と礼を言い、頬張りながら続けた。

「まあ、嫌な言い方だが、それゆえ吉さんの家と、文香の家とは、また別のものと思うぜ。だから、吉さんに対してまで遠い人なんて思わなくていいってことよ。それに、とっくに家を出て、あんな生き方をしてるんだからな。俺たちの仲間だしな」

八兵衛は、からからと笑う。お波も、ようやく目の吊り上がりが治まってきた。

「そのとおり。大丈夫、吉さんは女将さんが大切なんだもん。文香の言うことなんかに、惑わされないでね」

二人につられ、お園の顔にも柔らかさが戻ってくる。

「励ましてくれて、ありがとう」

お園は八兵衛たちに、素直に礼を言った。

翌日、昼餉の刻の前、八兵衛の勘どおり、吉之進が一人で謝りにきた。

「親戚の者が失礼なことを言い、たいへん申し訳なかった」

頭を下げる吉之進に、お園は「よしてください」と言った。

「気にしてませんから。文香さん、このお店はお気に召してくださらなかったようだけれど、お料理はすべて召し上がってくださったもの。それだけでも、よかったわ」

いつもと変わらぬお園の笑顔に、吉之進は目を細める。

「女将にそう言ってもらえて、救われた。……まったく、仕方がない奴なのだ。いつまで経《た》っても子供で。文香があんな態度を取らなかったら、あいつの兄のことも女将に相談出来たのに」

「私でよければ、いつでも相談に乗りますから、何かあったら言ってね」

「かたじけない。女将は本当に頼りになる」

二人は微笑み合う。店の前で、今日も福寿草は愛らしく咲いている。曇《くも》り空でも、お園の心には、晴れ間が広がるようだった。

一品目　円《まろ》やか河豚《ふぐ》雑炊《ぞうすい》

一

人日には再び仲間たちが集まって七草ぜんざいを食べ、〈福寿〉は賑わった。もちもちと甘く柔らかいそれを、皆、笑顔で頬張る。

「やっぱり〈福寿〉の七草ぜんざいを食べないと、一年が始まらない」と、皆、口々に言い、満足したようだ。

吉之進も顔を見せてくれたので、お園は安心したのだが、いつも陽気な文太がどことなく元気が無くて、それが気に掛かった。


それから三日後の夜、文太が〈福寿〉を訪れたが、やはり浮かない顔をしている。八兵衛夫婦や竹仙も居て、皆、心配そうに文太を眺めた。

「どうした、なんだか元気がねえなあ」

「また女に振られでもしたの？」

「痔《じ》にでもなったんですか？」

文太はいっそう仏頂面になり、「うるせえなあ」と苦々しい声を出した。

「振られたとか、痔になったとか、なんでそう、ろくでもねえ理由しか考えられねえんだよ！　だから嫌なんだよな、下品な奴らって」

「何言ってんだ。お前さんだって上品とは決して言えねえだろう」

「そうよ、あたしたちは日頃の文ちゃんを知っているから、そういう理由しか思いつかないのよ」

「ろくでなしが不機嫌なんて、ろくでもない理由に決まってますからねえ」

「あっ、言ってくれるねえ！」

文太は膝をついて、頭を抱える。そこへお園が酒と料理を運んできた。

「なにを皆で文ちゃんを槍玉《やりだま》に挙げているのかしら？　文ちゃん、本日もお疲れさま。槍烏賊《やりいか》の酢味噌和《あ》えよ」

「おおっ、これは旨そうだ。さすが女将、槍玉に挙げられてる俺に槍烏賊を出してくれるなんて、気が利いてるぜ。くーっ、嬉しいなあ」

槍烏賊の酢味噌和えを頬張り、文太は嬉々《きき》とする。目を細めて味わう文太を眺め、八兵衛も喉を鳴らした。

「女将、俺にも烏賊を持ってきてくれ。酒も追加だ」

「女将さんが作る酢味噌和え、美味しいのよねえ。お酢と白味噌の加減が絶妙なの。あたしにも、ちょうだい！」

「こちらも追加でお願いしますよ。こういう何気ない料理が美味しいものなんですよね」

皆に注文され、お園は笑顔で応えた。

「はい、お持ちします。今の時分は槍烏賊も子持ちですから、ふっくら、まったりと美味しいですよね。子持ち槍烏賊をお召し上がりになって、皆様も円《まろ》やかな心で、文ちゃんを癒《いや》してあげてくださいな」

頭を軽く下げ、お園は板場へと向かう。その後ろ姿を見ながら、文太は「いいこと言うなあ……」と、しみじみ呟いた。

酒が廻ってくると、文太は愚痴《ぐち》をこぼし始めた。どうやら競争相手の瓦版《かわらばん》屋が昨年の師走《しわす》頃から飛ばしており、今年になってから更に売り上げを伸ばし、それが悔しいらしい。

文太がぼやいた。

「今年から、その〈読楽堂《どくらくどう》〉が戯作を連載していて、それが話題なんだよ。それを目当てに買う奴らが多いんだ」

「あら、どんな戯作なの？」

「うん。戯作自体はそれほど変わったものではないんだ。かいつまんでいえば、こんな話だ。『様々な料理屋を訪ねる男が富くじに当たる。それを元に、大店《おおだな》を作るまでにのし上がり、〈大旦那《おおだんな》〉となる。だがそれが原因か、〈大旦那〉が行く先々で、事件が起こるようになる』、と」

「ふうむ。何の変哲もないような話だがな。その、起こる事件ってのが面白いのかい？」

　文太は酒をぐっと呑み、答えた。

「いや、そういうことではなくて、戯作に書かれた事件どおりのことが、本当に起きてるんだ。戯作に書かれてあることが、実際に起きる。それが皆の興味を引き、売れに売れてるって訳だ」

「ええ！　戯作どおりのことが起こるって、なんだか面白いというか、不思議というか、ちょっと不気味でもあるわね」

　お波が素《す》っ頓狂《とんきょう》な声を出す。竹仙も身を乗り出した。

「その戯作の噂《うわさ》、あたしも耳にしたことがあります。辻占《つじうら》で手相を見てあげたお客さんに聞いたんですけど。なんでも幽霊に追い掛けられた人がいるとか、いないとか」

「そうなんだ。実際に起きたんだよ。京橋《きようばし》の蕎麦屋《そばや》で食べた男が、その帰りに幽霊に追い掛けられたんだ」

「そりゃ穏やかじゃねえな。その戯作の筋を、もう少し詳しく話しておくんな。戯作の中でも、京橋の蕎麦屋ってのが出てくるのかい？」

「そう、出てくるんだよ。で、その筋ってのが……」

文太は一旦口を閉ざし、お園を見た。お園は目を瞬かせる。

文太は、「女将さんの気を悪くさせてしまうかもしれないけど、そのうち噂が耳に入るかもしれないから、先に伝えておく」と前置きし、話し始めた。

「さっき言ったように、富くじに当たった男が〈大旦那〉になり、行く先々で事件が起こるようになるんだけれど、まずは京橋の山下町《やましたちよう》の蕎麦屋を訪れるんだ。その折、そこで食べた他の客が、その帰りに幽霊に追い掛けられる。次に、神田松永町《かんだまつながちよう》の居酒屋を訪れた折、そこで呑んだ他の客が、その帰りに三徳《さんとく》を掏《す》られる。次に、日本橋《にほんばし》小舟町の料理屋を訪れた折、そこで食べた他の客が、その帰りに橋から落ちて溺《おぼ》れ掛ける。そして日本橋高砂町《たかさごちよう》の河豚《ふぐ》料理屋を訪れた折、そこで食べた他の客が、その毒にあたって死ぬ。……こういった筋なんだ」

皆、息を呑み、お園を見る。お園は何と言ってよいか分からないといった表情で、立ち尽くしている。文太も顔を顰《しか》めた。

「日本橋小舟町の料理屋、ってのは、縁起でもねえよな。他にも店はあるけれど、万が一ってことがあるからな」

「で、でもさ、偶然ってことなんじゃない？　たまたまってこと、あるわよ」

「三徳を掏られたってのも、本当に起きたんですか」

「うむ。それも、そのとおりになった。今のところ、書かれたことが順番どおりに起きている。京橋山下町の蕎麦屋で食べた男が、その帰りに幽霊に追い掛けられ、神田松永町の居酒屋で呑んだ女が、その帰りに三徳を掏られた。被害に遭《あ》った者たちが騒いで、噂が広まることとなったんだ」

「順番どおりに起きてるってことは、じゃあ、次は日本橋小舟町の料理屋で食べた誰かが、被害に遭うって訳かい？」

「その帰りに、橋から落ちて溺れ掛けるってことですね」

お園はさすがに声を上げた。

「ちょっとやめてよ！　心配になるじゃない……もし、うちのお客様が、って」

「そう不安になることはねえよ、女将。どうだい、こうも考えられるぜ。その、書かれたことが現実に起きるってのが謳《うた》い文句の戯作、上手《うま》く出来過ぎじゃねえかい？　ひょっとしたら、売り上げを伸ばす為の、話題作り。やらせ、かもしれねえぜ」

　八兵衛が目を光らせる。竹仙も頷いた。

「自作して自演してるって訳ですね。分かります。その線で当たっているんじゃないんですかね」

　頭を掻きつつ、文太が唸った。

「確かに、そう鼻白《はなじろ》んでる者たちもいるんだ。話題作りだ、自分たちでわざと事件を起こしてるんだ、と。……でも、〈読楽堂〉のその瓦版が売れてるってことは、事実なんだよな。やらせでも何でも、上手くいってることは確かで、それが憎ったらしいって訳よ！」

「ねえ、その戯作って誰が書いているの？　文ちゃん、その戯作者に聞き込みしてみたら？」

　お波に訊かれ、文太は首を竦めた。

「それが、誰が書いてるか分からねえんだよ。一応、作者の名前は〈書楽《しょらく》〉と書かれてあるが、正体不明なんだ」

「〈写楽《しゃらく》〉ならぬ〈書楽〉、謎《なぞ》の戯作者かい。やらせなのか、本当に予言しているのか、はたまた偶然なのか、いずれにせよ、はた迷惑な戯作じゃねえか」

皆の話を聞きながら、お園がぽつりと言った。

「……現実になるのが、『橋から落ちて溺れ掛ける』というのは、まだ救いがあるわよね。溺れるのではないのだもの、命は助かるわ。でも、『河豚にあたって死ぬ』って、それが現実になったら、どうなるのかしら」

皆、顔を見合わせる。文太も、ごくりと喉を鳴らした。


店を閉めた後、お園は二階の部屋で、文太が置いていった〈読楽堂〉の瓦版にじっくりと目を通した。やけに冷える夜、炬燵に潜《もぐ》り込み、蜜柑《みかん》を食べながら、読み耽《ふけ》る。

――うちのお客様が犠牲になったら、どうしましょう――

お園は蜜柑を呑み込み、溜息をついた。


翌々日には、小雪が降った。

「こんな時には、温まるお料理が良いですよね。どうぞ、〝雪豆腐《ゆきどうふ》〟です」

お園は、豆腐のみぞれ煮を出した。白出汁で、豆腐と擂り下ろした大根を煮たものでまさに雪のようにも見える。お園はそれに、刻んだ冬葱《ふゆねぎ》（分葱《わけぎ》）を散らした。


「ううん、美味しい！　温《あ》ったかな雪を食べてるみたい。口の中で蕩けるわ」

お梅が目を瞬かせる。八兵衛とお波も、ふぅふぅと息を吹き掛け、頬張った。

お梅といい仲の伸郎は、がつがつと貪る。それを見て、お梅が窘《たしな》めた。

「大食い大会じゃないんだから、もっと味わって食べなさいよ」

「あ、すまん。……つい、癖《くせ》で。ゆっくりいただきます」

伸郎は照れくさそうに頭を掻き、匙《さじ》で少し掬《すく》って頬張り、「旨い」と笑みを浮かべた。素直な伸郎が、皆、微笑ましい。

「お前さん、すっかりお梅の尻に敷かれてんじゃねえか」

「ほんと、熱いわねえ。このお豆腐みたいに、蕩けちゃいそうだわ」

八兵衛夫婦にからかわれ、伸郎は「参ったなあ」と、ますます照れる。その横で、お梅も嬉しそうだ。

お園はまた別の料理を、皆に出した。

「こちらもまた、雪を表してみました。白いぜんざい、〝雪ぜんざい〟です。召し上がれ」

真っ白なぜんざいに、皆、「おおっ」と目を見張る。

「きゃあ、可愛らしい！　見た目からして美味しそう」

「ほんとねえ、白いものって、なんで美味しそうに見えるのかしらね」

お園は微笑んだ。

「女の人は、特にそう感じますよね。白くて、ふわふわ、もちもち、丸いものは」

「この白い餡は、何で作っているの？」

「白いんげん豆です。それをよく煮て、お塩とお砂糖で調え、白玉団子を浮かせました」

「白いんげん豆かあ。どんな味がするんだろう。早速、いただきます！」

お梅は待ちきれないように、白いぜんざいを頬張る。目を大きく見開き、言葉もないといったように、満面の笑みになった。

続いて、お波たちも食べ、皆、うっとりと目を細めた。

「見ただけで美味しそうと思ったけれど……予想以上だったわ」

「雪の降る夜に、こんなぜんざいが食えるなんて、幸せなこった」

「俺、これを大食いするなら、百杯ぐらいいけそうだ」

仲郎が真顔で言い、皆、思わず笑ってしまう。

「いいですよ、仲郎さん。どうぞお代わりなさってくださいね」

お園の〝雪ぜんざい〟で皆が和《なご》んでいると、通りから騒ぐ声が聞こえてきた。次第《しだい》にけたたましくなってくる。

「どうしたのかしら」

皆、顔を見合わせる。お園は戸を開け、外をそっと見てみた。雪の舞い散る中、多くの人たちが西堀留川《にしほりどめがわ》のほうへと駆けていく。

すると近所の、楊枝屋《ようじや》の内儀であるお芳《よし》が、声を掛けてきた。

「ちょっとお園さん、たいへんよ」

「何かあったのですか？」

「川に、誰かが落ちたみたい。橋を渡っていて」

「ええっ？」

お園は小さく叫び、手で口を押さえた。〈書楽〉の戯作を、思い出したのだ。

――本当に、あのとおりのことが、また起こったというの？――

お梅がお園に声を掛けた。

「女将さん、どうしたの？　何があったの？」

お園は振り返り、言った。

「誰かが、橋から川に落ちたんですって」

「ええ、そりゃたいへんだ！」

皆驚き、一斉に立ち上がる。お芳はお園に、こんなことも教えてくれた。

「どうやらその人、〈山源《やまげん》〉で呑み食いした帰りだったみたいよ。酔っぱらっていたようね」

「……まあ」

戯作に書かれてあったとおり、小舟町二丁目の〈山源〉で食べたお客が、その帰りに、本当に橋から落ちて溺れ掛けたということになる。

「私、ちょっと見てきます！」

居ても立ってもいられぬ思いで、お園は外に飛び出す。八兵衛夫婦、お梅に仲郎も、後に続いた。

場所は、西堀留川に架かる中ノ橋《なかのはし》で、〈福寿〉にも近い。橋から落ちたのは三十歳ぐらいの男で、無事助けられ、戸板に載せられ運ばれていった。

「命には別状ないみたいね。良かったわ」

お園たちは胸を撫《な》で下ろした。橋の周りには野次馬たちが集まっている。話を聞くに、どうやら男は相当酔っぱらっていたらしい。野次馬の一人が大きな声を出した。

「いやいや、これで戯作どおりのことが、三回連続で起きたという訳だ！　あの〈書楽〉って戯作者、いったい何者だ？」

「ああ、〈読楽堂〉の瓦版の戯作だろ？　話題になってんだよな、今」

「私も知ってるわ。不思議なことがあるものね！」

「何、その瓦版って？　詳しく教えて」

野次馬たちが騒ぎ始める。文太も駆けつけてきて、「本当にまた起きちまったか」と、苦々しい顔になった。

　文太は聞き込みの為に現場に留まったが、お園たちは帰ることにした。雪が肩に舞い散り、皆、くしゃみが出た。

〈福寿〉に戻ると、お園は皆に熱々の甘酒を出した。皆、「温まる」と、笑顔で啜る。八兵衛が言った。

「〈山源〉の板長なんかは、怒るだろう。文太が言ってたもんな。戯作騒ぎに巻き込まれた店、京橋の蕎麦屋も、神田の居酒屋もすっかりケチがついて、お客が減っちまったって。『あの店で食べると、幽霊に追い掛けられる、掬られる』

と、悪《わり》い噂が広まって、縁起が良くねえと鵜呑《うの》みにする奴らが多いってこった。〈山源〉も、少しは客足が遠のくかもな」

「そうかしら。〈山源〉は腕があるもの、そんな噂ではびくともしないと思うわ。板長の寛治《かんじ》さんも矜恃があるから、何か囁《ささや》かれようが、『うちの店はお客をしっかり摑《つか》んでますから、そんなことなんともあらしまへんわ』、などと平然としているのではないかしら」

　お園は苦笑いで答える。

〈山源〉は、今から八箇月ほど前、お園が元夫の清次《せいじ》のことで留守《るす》にしていた間に、近くに出来た京料理を主とする店だ。そこの板長の寛治は、訳があって女嫌いで、特に女の料理人に敵意を抱いており、お園にも初めは冷たく当たったが、接するうちに蟠《わだかま》りが解《と》け、やがてお園を理解し、料理人として認めるようになった。そしてお園ももちろん、寛治の料理人としての腕を、確かなものと思っていた。

「女将さんが言うとおりかもね。寛治さんって、噂なんかに動じない感じ。お客が少々減ったところで、〈山源〉贔屓《びいき》の人たちって確かにいるから、まあ安泰なんじゃない？」

そう言う女房の横顔を見ながら、八兵衛はにやりと笑った。

「女将、寛治には初め虐《いじ》められたけれど、すっかり打ち解けたようだな。味方するようなことまで言っててよ」

「ほんとよね。いつの間にか、仲良くなったみたいね。あたし、見掛けたもの！　大晦日《おおみそか》に、女将さん、寛治さんと微笑みながら立ち話していたでしょ？」

お梅が口を挟む。隣で伸郎も大きく頷いているところを見ると、二人で連れ添っている時に目撃したのだろう。お園は思い出しながら、答えた。

「ええ、していました、確かに。でも、別に、『今年はありがとうございました。来年もよろしくお願いします』、といった御挨拶を交わしていただけよ」

お梅は甘酒を啜り、ふふふと笑った。

「本当にそれだけかしら。なんだかお二人、この甘酒のような雰囲気だったわ。温かくて、優しい甘さを、感じたの」

「あら、それは、お梅さんたちが温かくて甘やかだったから、他の人も同じに見えたんですよ。誰でもが、御自分たちと同じような関係と思わないでくださいな。いくら熱々だからと言っても」

お園はお梅と伸郎に笑みを返し、甘酒のお代わりを注ぎに、板場へと行こうとした。すると吉之進が入ってきて、お園は顔をぱっと明るくさせ、「あら、いらっしゃいませ！」と、嬉しそうな声を上げた。

「雪の中、ありがとうございます」

お園は吉之進に手拭《てぬぐ》いを渡し、傘を受け取り、乾かすように立て掛ける。吉之進は、着流しについた雪を払った。

「騒ぎになってるな。中ノ橋から川に落ちたんだって？　戯作どおりのことが三回続けて起きたな」

「そうなのよ、私たちもさっき見に行ったの。でも、大事には至らなかったようで、良かったわ。……ほら、吉さん。上がる前に、ここで着物を乾かして。裾《すそ》が少し濡《ぬ》れているわ」

お園は吉之進を、土間の火鉢に当たらせる。そんなお園を、八兵衛たちは、微笑みながら眺めていた。

二

お園が見たように、〈山源〉は特に客足が途絶《とだ》えることもなく、平常どおりであった。事件があった後、次板《つぎいた》の浩助《こうすけ》は、「なんや！　迷惑な話やな！」とカッカしていたらしいが、寛治は、「そう言わんと、お客さん無事で良かったわ。回復して、それでもまたうちの料理を食べたいようやったら、お招きしましょうか。他のお客もそうや。どんな噂を聞こうが、それでもうちで食べたい人が来れば、それでええんちゃう」と、相変わらず飄々《ひょうひょう》としたものだったという。

皆、「さすが〈山源〉。動じないもんだ」と感心したが……まことに打撃を受けたのは、別の店であった。

それは、〈書楽〉の戯作に、『そこで食べた客が、その毒にあたって死ぬ』と書かれた、日本橋高砂町の河豚料理屋であった。

戯作どおりのことが起きるというのも、二度までなら偶然とも思えるが、さすがに三度続けてだと、誰もが——もしや、まことに予言なのか——と危ぶみ始める。すると、「死」というのは洒落《しゃれ》ではなくなる。

「日本橋高砂町で河豚を食べるな！　あたって死んじまうぞ！」

皆が騒ぎ始め、高砂町で河豚料理を出す店は一軒しかなく、その店〈ゑぐち〉は閑古鳥《かんこどり》となってしまったのだ。主の甚兵衛《じんべえ》は困り果て、日に日に憔悴《しょうすい》しているという。

その話を聞き、同じ料理屋を営《いとな》む者として、お園は胸が痛んだ。

――お気の毒だわ。そんな噂が広まってしまったら、妨害《ぼうがい》されているようなものだもの。今は河豚の時季だから、〈ゑぐち〉さんも、書き入れ時でしょうに……。しかし、解《げ》せないわ。その〈書楽〉という戯作者、いったい何を目的にそんな戯作を書いたのかしら。料理屋に何か恨みがある人？　邪魔しているとしか、思えない――

お園は気に掛かり、高砂町の〈ゑぐち〉を訪ねてみた。といっても中に入らず、外から様子を窺う。閑散としており、店を開けてはいるが、物音一つ聞こえてこない。

少し離れたところには茶屋があり、そこそこ賑わっている。お園はその茶屋に寄り、磯辺《いそべ》焼きとお茶でひと休みすることにした。

「お待たせいたしました」

茶屋の女将が、福々しい笑顔で運んでくる。湯気が立つ、海苔《のり》で巻かれた餅の芳《かん》ばしい匂いが堪らない。醬油を塗《まぶ》しながら焼き上げたのだろう、こんがりとした色が、また食欲を誘う。

「いただきます」

お園は磯辺焼きを手で持ち、淑《しと》やかに頬張る。もっちりとした歯応えに、醬油と海苔の芳ばしい味わいが絡まり、口の中に悦《よろこ》びが広がっていく。お園はゆっくりと嚙み締め、満足げな笑みを浮かべた。

「今日もお寒いですねえ」

茶屋の女将に話し掛けられ、お園は頷いた。

「ええ。でも、寒いところ来た甲斐《かい》がありました。こんなに美味しい磯辺焼きを食べることが出来て」

「まあ、嬉しいことを仰ってくださいますね。お住まいはこの近くではないのですか？」

「小舟町なんです。今日は……〈ゑぐち〉さんで御飯を食べようと思って来たのですが、なんだか人気《ひとけ》がないといいますか、静まり返っていてお店を開けているのかいないのか、分からないので。それで入るのを躊躇ってしまったんです」

「あら……そうだったんですか。〈ゑぐち〉さん、開けてると思いますけど、確かにこの頃はお客さんがなかなか来ませんね。ご存じですか？　戯作にまつわる、おかしな噂」

「はい、知っております。あの戯作の影響なのでしょうか、やはり」

「それしか考えられませんよ。だってついこの前までは、繁盛していたんですもの。御主人の甚兵衛さんは、それは真面目《まじめ》な方でね。『河豚のような危険なものを扱うのだから、絶対に間違いを起こしちゃいけない』って、細心の注意を払っていましたもの。お店を始めてもう二十年ぐらいになるけれど、食べて具合が悪くなったお客さんって、一人もいなかった筈《はず》です」

「まあ、それほど気を遣ってお仕事なさっていたのですね。では〈ゑぐち〉さんは、誰かに恨みを買うようなこともありませんよね？　あの戯作者、もしかしたら、〈ゑぐち〉さんに嫌がらせをする為に、あのようなことを書いたのではないかと思ったのですが」

女将は少し考え、答えた。

「……そうも考えられるかもしれませんが、あのお店に恨みを持ってる人って、ちょっと思いつきませんねえ。御主人の甚兵衛さんも、女将さんも、その息子さん夫婦も、皆、本当に温和で良い方たちですよ。息子さん夫婦は、京橋で、やはり河豚料理が主の料理屋をしてますけれどね。悪い噂なんて、耳にしたことがありませんでした。今回が本当に初めてですよ。それもあんなに酷い噂！」

女将が顔を顰める。お園は話しながらも磯辺焼きをぱくぱく食べ終え、お茶を啜って息をついた。

「そうなのですか……。何の落ち度も無いのに、あんなふうに戯作に書かれて、実にお気の毒です。御主人様も女将さんも、お辛《つら》いでしょう」

「まあ、〈ゑぐち〉さんは料理には定評がありますからね。人の噂も七十五日じゃありませんが、ほとぼりが冷めたら、またお客さんが戻ってくるようにも思いますけれど。それまで頑張って、お店を仕舞わないでいてくれるといいですけれどね」

「それほど危うい状態なのでしょうか？」

「どうでしょう。……書き入れ時にお客さんが入らないのは、やはり相当な損とは思いますよ。でも、まったく入ってないという訳でもないんです。『度胸《どきよう》試しにあの店で河豚を食ってみるか』、なんていう酔狂な人も、ちらほらとはいるんですよ！」

「まあ、そうなんですか……」

するとと他のお客が「お愛想《あいそ》頼む」と声を上げ、女将は「では」と、お園の元を離れた。

茶屋を出ると、お園はもう一度〈ゑぐち〉を窺ってみた。やはり静まっている。店に入るか入るまいか悩んだが、八つ半（午後三時）の鐘が聞こえ、そろそろ夕餉の仕込みに掛からねばならず、小舟町へと戻ることにした。

冬はこの時刻でも、陽射しが弱まってくる。お園は自分の影を踏みながら、〈福寿〉へと急いだ。


その夜、吉之進が呑みにきたので、お園は〈ゑぐち〉と主の甚兵衛のことを話した。

「困ってしまっているでしょうね、甚兵衛さん。お客様がまったく来なくなるのはもちろんだけれど、酔狂な人がちらほら来るというのも、ある意味困るというか、怖いと思うの。もし、万が一、戯作に書かれたことが、予言のように当たってしまったら……誰かが亡くなってしまうかもしれないもの。笑顔で接客していても、気が気ではないでしょう」

「なるほどな……」

吉之進は腕を組んで少し考え、続けた。

「女将が気になるなら、折を見て俺も注意しておこう」

「お願いします」

お園は吉之進に頭を下げ、微笑んだ。吉之進に「躰《からだ》が温まるぞ」と酒を注がれ、お園は「ありがとうございます」と口をつける。

お園は文香のことも気掛かりではあったが、吉之進に訊ねたりはしない。

——こうして、一緒に居られるだけで、幸せだもの——

吉之進が傍《そば》に居るだけで、お園は心も躰も温《ぬく》まっていく。先が分からぬ不安を抱きながらも、今はこうして、吉之進の優しさに浸《ひた》っていたかった。


吉之進は空いている時間に、〈ゑぐち〉に目を光らせるようになったが、十日ほど経っても、何も起きることはなかった。店は閑散としており、時たまお客が訪れ、満足げな顔で帰っていく。

「こんな旨い河豚が食えるんだ。これであたって死んでも、本望だよな」

腹をさすりながら、そんなことを言っている者もいた。

——〈ゑぐち〉の料理を食べて、具合が悪くなる者は、今のところ現れていないようだ。さすがに死亡の予言までは当たらぬか。……だが、まだ油断は出来ぬ——

吉之進はそう思い、〈ゑぐち〉の様子を窺い続けた。

軒行燈《のきあんどん》の柔らかな灯《あか》りに、福寿草がふんわりと照らされている。底冷えする夜も、〈福寿〉からは和やかな笑い声が聞こえていた。

「こんな寒い時は、躰が温まって精力がつくものがよろしいですよね。召し上がれ、〝玉子ふわふわ〟です」

お園は八兵衛とお波に、卵料理を出した。椀《わん》に入った、名前のとおりのふわふわの卵に、二人とも相好《そうごう》を崩す。火に掛けた鰹《かつお》と昆布の併せ出汁に、よく溶いた卵を注ぎ込んで作る、単純な料理である。

「素朴《そぼく》な見た目だが、これが旨いんだよなあ」

「ふっくら黄色い卵って、どうしてこんなに美味しそうに見えるのかしらね」

二人は匙で掬って頰張り、息をつく。

「うん、蕩けるわあ。黄色い雪みたい。舌の上で溶けてなくなっちゃう」

「旨いなあ。味は薄いんだけど、しっかり感じるんだよ。しかし、よくこんなに、ふっくらと膨らませられるもんだ」

お園はにっこり微笑んだ。

「卵をよく混ぜるんです。ひたすら、手が痛くなるほどに。そうすると、ふっくら仕上がります」

「女将さんが手が痛くなるほどの思いで作ってくれたなんて……。そんなことを聞くと、いっそう美味しく感じるわ」

「まことにな。旨いもの、良いものを生み出すにも、楽ばかりしていては駄目ってこったな。時には痛みも我慢しなくてはな、女将のように」

八兵衛の言葉に、お園は頷く。

「お料理をしていて思うのですが、食材に対する、敬意も大切なんです。例えば卵を混ぜる時も、滋養たっぷりの卵に敬意を払いながらすると、いっそう手に力が籠《こも》ります。——こんなに優れた食材のあなたを、大切なお客様方に、少しでも美味しく味わっていただきたい——と、思いながら」

「なるほど。そんなふうに料理されれば、食材も幸せだろう」

「ねえ、食材になった価値があるってもんだわ」

「大切な命をいただいているのですから、敬意を籠め、如何《いか》に美味しく料理するかが、食材に対する礼儀ではないかと。この頃、ますます、そのように思えてきました」

八兵衛はあっという間に食べ終え、腕を組んでお園を眺めた。

「ほう、それは女将が、成長を続けているということだな。少しずつであっても」

「はい、仰るとおり、少しずつとは思いますが。まだまだ、成長の途中ということです」

八兵衛はにやりと笑った。

「なるほどな。女将は、卵なんだ。一見ふわふわで柔らかそうだが、実は滋養たっぷりで強い。それがヒヨコの形となり、殻を破り、やがて鶏《にわとり》になる。成長していくところ、これからも見させてもらうぜ」

「女将さんはもう立派に成長しているようにも思えるけれど……。女将さんが卵のよう、というのは、私も思うわ。優しい味わいで、人を幸せな気分にしてくれるもの。淡い黄色の着物も、似合うしね」

「お褒《ほ》めくださって、ありがとうございます。卵のようなんて、嬉しいです。でも……自分としては、前に喩《たと》えてくださった糸瓜《へちま》のほうが、近いと思いますが」

「それは女将が瓜実顔《うりざねがお》だからだろう」

「いえ。頭の中が、すかすかの糸瓜束子《たわし》のよう、ってことで」

そんなことを言って三人が笑っていると、戸が開き、吉之進と文太が連れ立って入ってきた。

「おや、二人揃ってなんて、珍しいじゃねえか」

八兵衛がどんぐり眼《まなこ》を瞬かせる。文太が答えた。

「いや、俺、今日、聞き込みで、例の高砂町の河豚料理屋に行ったんだよ。そしたらその帰りに、吉の旦那にばったり会ってね。なんでも、旦那もあの料理屋が気になって、見にきていたとかでさ」

「そうなんだ。何か変わったことがないか、様子を窺っていたのだが、至って静かなものだ」

お園に促され、二人は小上がりへと腰を下ろした。すぐに酒が運ばれ、二人は八兵衛たちと酌み交わした。

「〈山源〉帰りの客が溺れ掛けてから、どれぐらい経つんだ。十二、三日か？　この間、何もないから、もう起きないような気もするけどな。しかし、〈ゑぐち〉だっけ？　あの店は気の毒だなあ。お客は来てるのかい？」

文太は首を振った。

「度胸試しの酔狂な客以外は、殆《ほとん》ど来ないってさ。店主の甚兵衛さんが嘆《なげ》いてたよ。『こんなに真面目に、食べ物にも細心の注意を払って仕事をしていたのに、何の因果で』、って。あの店、板前や女中も置いているから、給金を出すのも厳しくなってくるんじゃねえかな。……俺も気の毒になっちまって、少しでも助けてあげたくてさ、瓦版には〈ゑぐち〉の現状と、甚兵衛さんの苦しみと共に、料理が安心ということもしっかり書いて、伝えようと思う」

「素敵な心掛けじゃない！　そうやって真面目に仕事のことを語っている文ちゃんって、いい男だわ、なんだか。いつもからかって、ごめんね」

お波が文太に酒を注ぐ。文太は苦笑いで、「ありがとうござんす」と礼を言い、続けた。

「まあ、俺の書くことが、読み手にちゃんと伝わればいいんだが、どうも〈読楽堂〉の瓦版の衝撃が強過ぎたみたいだからな。果たして、上手くいくかどうか」

「でも、そうやって手助けしてやれば、甚兵衛さんも喜ぶだろう。落ち込んでるのか、やはり」

「当然だ。『〈読楽堂〉のあの瓦版、酷いのではないか』って、かなり怒っていたよ」

吉之進も口を挟んだ。

「他にも何か手助け出来ればよいのだがな。……いったい何が出来よう」

皆の目が、お園に集まる。お園は一瞬、——え、私？——と狼狽えたが、咳払《せきばら》いを一つして、考えを巡らせた。そんなお園を、皆、じっと見つめている。閃《ひらめ》き、お園はぽんと手を打った。

「そうだわ！　ほら、もうすぐ〝日本橋大食い大会〟改め、今年からは〝炊き出し大会〟があるでしょう。その炊き出しで、〈ゑぐち〉さんに手伝っていただくというのは、どうかしら？　河豚の出汁を使わせてもらうというのも、いいわね。または〈ゑぐち〉さんに、皆の前で、実際に河豚をお料理してもらうのはどうかしら。河豚を捌《さば》くところから始めて、お料理するところをすべて見てもらうの。味見しながらお料理すれば、毒にあたるなんて心配も吹き飛んでしまうでしょう？　〈ゑぐち〉さんのお料理が美味しいのは確かでしょうし、安全を心掛けていらっしゃるようだから、それを皆に実際に知ってもらえば、お客様がまた集まり始めるかもしれないわ」

お園の提案に、皆、「それはよい！」と声を揃える。

「実際に見てもらい、味を知ってもらうってのは、実によいことだと思う。俺が瓦版にいくら〈ゑぐち〉の肩を持つようなことを書いたって、自分の目や舌で確かめることには敵わねえさ」

「そのような機会を与えてもらえれば、甚兵衛殿も喜ぶだろう」

「あたしも、お手伝いさせてもらうの、ますます楽しみになっちゃう！　皆の前で料理をするところを見せるなんて、素敵じゃない！　女将さんも、やってみれば？」

「今回は、甚兵衛さんや〈ゑぐち〉の板前さんたちに、してもらいましょう。それに私、河豚を捌いたり料理するのは、さすがにまだ自信がないもの」

「河豚ってのは難しいだろうからなあ。河豚を扱うなら、専門の人たちに任せたほうがいいだろう」

「面白くなりそうだな、炊き出し大会」

「そうね、楽しみ」

「炊き出しで河豚を味わえるなんて、皆、思わねえだろうからな。びっくりするだろう」

「もう五日後に迫っているのよね。急に頼んで、用意出来るかしら」

「またとない機会だから、無理矢理でも用意するだろうよ」

炊き出しの話で盛り上がり、〈福寿〉の灯りは、まだまだ消えない。

三

新春恒例の〝日本橋炊き出し大会〟の日は、幸いなことによく晴れた。昨年までは〝大食い大会〟をしていたのだが、今年から誰でも参加出来て好きなだけ食べられる〝炊き出し大会〟になったのだ。昨年、大食い大会に出す料理をお園が受け持ったところ、大食い大会がいつの間にか炊き出し大会になり、それを見ていた主催者が、「競うよりも皆で楽しむことが出来る催《もよお》しにしよう」と、考えを改めたからだ。

そしてこの炊き出しの料理を任されたのが、お園であった。お園は、主催者である笹野屋宗左衛門《ささのやそうざえもん》に前《まえ》もって訳を話し、〈ゑぐち〉の者たちの手を借りることも、承諾してもらった。

前年以上に多くの人々が集まり、催しの場である富沢町《とみざわちょう》の広場は賑わっていた。お園たちが支度《したく》をしていると、笹野屋宗左衛門が恰幅《かっぷく》の良い躰を揺らしながら、鶴と亀が描かれた扇子《せんす》を手に、やってきた。

〈笹野屋〉は大店の呉服問屋で、宗左衛門はそこの大旦那である。新春のこの催しは、大食い大会の頃から九年続けており、日本橋を活気づけるという名目の他、元々は呉服問屋の宣伝も兼《か》ねていたのだ。日本橋小町と呼ばれる娘たちに、店の着物を纏わせて食べ物を運ばせれば、良い効果となる。今年も、〈笹野屋〉の振袖を纏った日本橋小町たちが、料理を運ぶ為に、揃えられていた。

「いやあ、お園さん、今年もよろしくお願いします。楽しみですよ、どんな料理を出していただけますか」

そう言って、宗左衛門は愉快そうに笑う。宗左衛門の隣には、同じく立派な身なりの男が立っていて、少し痛そうに足を引きずりながらお園に向かって会釈《えしゃく》をした。宗左衛門は、男をお園に紹介した。

「こちらは、今回から主催に加わってくださった、円蔵《えんぞう》さんです。お園さんと同じく、料理屋を営んでいらっしゃいます」

「まあ、そうなのですか。どうぞよろしくお願いいたします」

お園は姉さん被りを一旦外し、円蔵に礼をした。円蔵の身なりから、大店の主であることは見て取れた。

「お園さんのことは、笹野屋さんからお伺いしています。心を籠めて料理をする、とても素敵な方だと。私もどんな料理を味わわせてもらえるか、今日は楽しみにして参りました。こちらこそ、よろしくお願いします」

円蔵に深々と頭を下げられ、お園は思わず恐縮した。

「お料理を任せていただけたのですから、手伝ってくださる皆様と一緒に、精一杯、作らせていただきます」

円蔵は優しい笑顔で、「頑張ってください」と、励ましの言葉を告げた。円蔵も宗左衛門と同じく、六十歳手前ぐらいであろうか。頑丈そうな躰で、血色も良く、如何にも健康そうだ。だが、その貼り付いた笑顔に、何か違和感のようなものも覚える。

――いえいえ、このような催しに金子《きんす》を出してくださる方というのは、やはり風格がおありになるわね。礼儀正しくていらっしゃって、さすがだわ――

お園は自分の失礼な疑念を振り払うように、首を微かに振る。お園はこう思い直した。円蔵は彫りの深い顔立ちゆえ、どこか表情に乏《とぼ》しいのかもしれないと。

宗左衛門と円蔵は、料理を手伝ってくれる皆にも、「よろしく頼みます」と声を掛け、主催者席へと戻っていった。

すると、お波が声を潜めて言った。

「大店の大旦那っていうのに、親切よね、あの人たち。笹野屋様のほうは鶴と亀の扇子を持ったりして、ちょいと成金っぽいけど、偉ぶったところもないしさ」

「そうだね。まあ、炊き出し大会などを催すのだから、いい人たちなんだろうね」

　お民も声を潜めて、相槌《あいづち》を打つ。お園は再び姉さん被りをして、微笑んだ。

「お二人の期待にも添えるよう、張り切っていきましょう」

「はい！」

　皆も笑顔で答える。お波、お民の他にも、お梅、お初、お篠、お夕が手伝いにきてくれていた。

　台を繋げて板場を作っており、〈ゑぐち〉の甚兵衛と板前もせっせと仕込みに掛かっている。お園が「そろそろ大丈夫でしょうか」と訊ねると、甚兵衛は「はい」と頷いた。

　お園は前に出て、集《つど》った皆に挨拶をした。

「本日のお料理を務めさせていただきます、小舟町〈福寿〉の女将、園でございます。手伝ってくれる仲間たちと共に、皆様に御満足いただけますようなお料理を必ずお作りしますので、昨年に引き続き、よろしくお願いいたします」

　お園が一旦頭を下げると、大きな拍手が起きた。「女将、期待してるぜ！」、

「頑張ってね！」と、掛け声まで上がる。お園は照れくさそうに微笑み、再びお辞儀をし、続けた。

「それで今年は、前年までとは違い、炊き出し大会となりました。それゆえ、今まで以上に、沢山作らなければなりません。出来るだけ多くの方々に、お腹一杯召し上がっていただきたいからです。そこで、心強い助《すけ》っ人《と》に来ていただきました。御紹介いたします。高砂町〈ゑぐち〉さんの御主人である甚兵衛さんと、板前の喜八《きはち》さんです。お二人には、皆様の前で、河豚を用いたお料理を作っていただきます」

〈ゑぐち〉の名が出て、皆がざわめく。皆、顔を見合わせ、ひそひそと話をする者もいて、場の空気は一転、穏やかではなくなる。

「冗談《じょうだん》じゃねえや。あそこの料理を食ったら、何が起こるか」、などという声が聞こえてくる。帰ろうとする者も現れたが、お園は慌てず、声を強めた。

「今、江戸の町に、おかしな噂が流れておりますことは、私どもも知っておりま す。でもそれは、あくまでも噂にしかすぎません。それを鵜呑《うの》みにして、真実を歪《ゆが》めてしまうのは、良くないことなのではないでしょうか。〈ゑぐち〉さんのお料理を食べた方で、被害に遭った方は、本当にいらっしゃいましたか？　噂が流れてから日にちが経ちますのに、そんなこと、まったく起きていませんよね？

〈ゑぐち〉さんは、それは注意をされて、河豚を扱っていらっしゃいます。それを、是非、皆様に御覧になっていただきたいのです。そして、〈ゑぐち〉さんの美味しいお料理を、是非とも味わっていただきたく思います。……どうぞ、よろしくお願いいたします」

お園は皆に、深々と頭を下げた。皆、しんとなり、またも顔を見合わせていたが、誰かが声を上げた。

「よし！　女将を信用して、食おうぜ！」

すると、また他の誰かが叫んだ。

「炊き出しで旨い河豚を食えるなんて、今年は春から大当たり！　縁起がいいや！」

笑いが起き、神妙になっていた空気が、一気に和む。お園は「ありがとうございます」とまたも頭を下げ、再び大きな拍手が沸いた。

お園は、甚兵衛にも挨拶をさせた。

「〈ゑぐち〉の主であります、甚兵衛でございます。おかしな噂が流れてしまい、困り果てておりましたところ、こちらのお園さんにお声を掛けていただき、本日お手伝いさせていただく運びとなりました。……皆様に受け入れていただけますか心配だったのですが……か、帰らないでくださって、ありがとうございます。精一杯、作らせていただきますので、どうか、よろしくお願いいたします」

甚兵衛は声を詰まらせ、唇を少し震わせた。甚兵衛の思いが伝わったのだろう、皆から大きな拍手が起きた。甚兵衛は「ありがとうございます」と、何度も礼を繰り返す。その目には、微《かす》かに涙が滲んでいた。

こうして炊き出し大会が始まった。

甚兵衛は早速、河豚を捌いていく。

まずは、まな板に置いた河豚の頭に包丁をぶつけ、気絶させる。それから汚れなどを水洗いし、背鰭《せびれ》を切り取り、左右の胸鰭を切り落とし、尻鰭を切る。そして皮に切れ込みを入れ頭を切り落とし、皮を剥《は》ぐ。カマの処理が済んだら、鰓《えら》を摑んで、毒が含まれる内臓を綺麗に取り除く。雄《おす》の河豚には白子《しらこ》があるので、それは取っておく。

河豚の背の皮を黒皮、腹の皮を白皮といい、この皮を剝ぐのが難しいのだが、甚兵衛は実に素早くこなしていく。皮も美味しいところなので捨てずに取っておき、内側の粘膜を剝《む》き、外側の棘《とげ》のある皮を削《そ》ぎ落とす。

その鮮《あざ》やかな手捌きに、集まった者たちは目を見張った。誰もが息を詰めて、河豚が捌かれていくところを眺めている。

その中には八兵衛や文太、竹仙、善三、伸郎や治夫の顔も見えたし、お咲、吉之進と連れの男の姿もあった。

捌かれた河豚の水洗いは、板前の喜八が行った。これを怠《おこた》ってはいけないので、丁寧によく洗う。

お園たちは、切り落としたアラを用いて、出汁を取り始めた。旨みのある匂いが漂《ただよ》い始め、ごくりと喉を鳴らす者たちもいた。

甚兵衛は皮を湯引《ゆび》いて水に晒《さら》し、細かく刻む。それを酢醤油で軽く和え、まずは一品目の出来上がりだ。

皆が食い入るように見つめる中、甚兵衛はその〝河豚皮の酢醤油和え〟を、指で摘んでぱくぱくと頬張った。噛み締め、ごくりと呑み込み、甚兵衛は微笑んだ。

「とっても美味しいです。皆様にも是非、召し上がっていただきたい」

皆、待ちきれないかのように、唾を呑み込む。食欲を抑えきれず、ぐぅと腹の音を立てる者までいた。目の前の河豚料理に、先ほどまでの躊躇《ためら》いなど、すっかり吹き飛んでしまったようだ。

甚兵衛はどんどん作り、日本橋小町たちが袖を揺らしながら、皆に配っていく。皆、急いで頬張り、目を瞬かせ、唸った。

「ううむ、旨いじゃねえか！　河豚の皮ってこんなに旨いのか？　驚きだあ！」

「さっぱりしていて、むっちりしていて、こりゃいいや！」

「なんだかお酒がほしくなっちゃう」

皆の喜びに満ちた声が、青空へと上がっていく。甚兵衛も嬉しいのだろう、ますます張り切り、次々作っていく。

一品目で、もう、皆の河豚に対する恐怖は消え去ってしまったようだ。

――美味しいものの魅力には、誰も抗《あらが》えないのね――

お園は微笑みながら、甚兵衛の気合の入った背中を見つめた。

甚兵衛は次に、鰭の肉を削ぎ、切って炙《あぶ》り、鰭酒を作った。これも皆の前で味見をし、安心させる。

「堪らねえ、早くくれ！」

叫ぶ者までいて、小町たちは大慌てで配り回る。でもそれは、大人にだけ。子供には、河豚鰭を浮かべたお茶を配った。

「美味しい……これでお茶漬け食べたい」

子供たちも大喜びだ。皆、笑顔で、河豚の味が染み込んだ酒やお茶を啜る。しかし、酒は一人一杯までだ。美味しいがゆえに呑み過ぎて、喧嘩《けんか》などが起きるのを防ぐ為である。だが、お茶は飲み放題なので、お代わりする者も多かった。

「幸せだなあ……こんな晴れた日に、お天道様《てんとさま》の下で、河豚の鰭酒が呑めるなんて。思ってもいなかったぜ」

「ねえ。うちなんか、雑煮も食積も、ろくに食べられなかったんだ。それが、炊き出しで、こんなに美味しいものを食べさせてもらえるなんてさ。感謝しないとね」

「母ちゃん、おいら、こんな美味しいお茶、初めて飲んだ。味が染みてるね」

目を輝かせる息子の頭を、母親が撫でる。美味しいものを通じて、親子の仲もより深まり、一人で来ている者同士も仲良くなっていく。美味しいもので人と人が繋がれ、それが大きな輪となっていく。そこここで新しい縁が生まれ、微笑みが増える。

毒だと思われていた河豚が、いつの間にか良薬となり、皆の心を癒《いや》していた。

そんな中、主催者である笹野屋宗左衛門は鰭酒のあまりの美味しさに、小町たちに、「私には特別にもう一杯くれないか」とねだるも、「決まりだから駄目です」と断られ、落胆していた。

三品目は、河豚の衣《ころも》かけ（唐揚げ）だ。ぶつ切りにした河豚に塩を振って水抜きし、醬油と擂り下ろした生姜《しょうが》と大蒜《にんにく》を混ぜ合わせたものにそれを漬けて暫《しばら》く置き、片栗粉を塗して揚げる。

「熱いっ、熱ちち……」と漏らしながら味見をする甚兵衛に、声が飛ぶ。

「もう味見しなくていいから、早くくれ！」

小町たちが運び始めると、皆、皿を摑み取るように手を伸ばす。熱々の衣かけを、はふはふと頰張って、味わい、心の底からの叫びを上げる。

「うっめえええ！　なんだこりゃあ！」

「ふおおっ……信じられん。信じられん旨さだ。河豚に偏見を持っていた、俺が莫迦《ばか》だった」

己を反省する者まで出てくる始末だ。

この河豚の衣かけは大好評で、皆が「早く！」、「お代わり！」とうるさく、小町たちは睦月《むつき》というのに額に汗を滲ませつつ飛び回ることとなった。

四品目は、お園たちが作った河豚の雑炊《ぞうすい》だ。河豚のアラと昆布を併せて丁寧に出汁を取ったので、味付けは塩と醬油少々で、まったく問題はない。むしろ、味付けなどなくてもよいほどだ。刻んだ冬葱を散らし、出来上がり。

とろりと蕩ける雑炊に、皆の笑顔も蕩けるようだ。

「温《あ》ったまるよなあ。……頭のてっぺんから、爪先《つまさき》まで。こう、じーん、と」

しみじみ言う者もいれば、

「こんなに美味しいものをいただけるなんてね。日本橋に生まれ育って本当によかったよ、あたしゃあ」

しくしく泣き出す者までいる。

この雑炊も評判が良く、お代わりする者が続出し、お園たちは料理に追われた。

五品目は、白子の天麩羅《てんぷら》。これは甚兵衛が作る。一口大に切った白子を揚げるのだが、これがまた、「気絶しそうなほど美味しい」と好評で、甚兵衛一人では作るのがたいへんなのでお園たちも手伝った。

これらの河豚料理の他に、お園は河豚出汁を使って煮物も作った。里芋、人参、小松菜、竹輪《ちくわ》を煮たのだ。衣かけ、天麩羅とある中で、煮物の穏やかな味わいが箸休めとなり、こちらも引っ張りだこであった。

料理は出揃ったが、すぐに足《た》りなくなってしまうので、甚兵衛もお園たちも頑張って作り続ける。日本橋の皆のお腹を満たすのが目標だからだ。

「どうやら大成功ね」

お波に声を掛けられ、お園は笑顔で頷き、声を上げた。

「河豚料理は、河豚の毒のあるところを捨ててしまいます。毒を捨てる、毒を暴く料理ということです！　そして……嘘というのは、毒でもあります」

皆が、食べる手を止める。お園の言葉を受け、文太が続けた。

「嘘か真《まこと》か分からぬ噂を鵜呑みにするのは、愚《おろ》かなことだ。そんなことはせずに、己の目で確かめ、嘘を暴き、真を信じることが大切なんだと、俺は思う。それが、瓦版屋の矜恃ってもんだ。それは料理も一緒で、嘘は毒であり、真は美であり、美味にも通じるんじゃないかな」

一瞬しんとなったが、拍手がぱらぱらと起き、やがて広がって大きなものとなる。他の誰かが言った。

「〈ゑぐち〉さんには悪いことしちまったな。あんな変な噂を鵜呑みにして。でも、今日、自分で確かめ、〈ゑぐち〉さんの料理は滅法《めっぽう》旨いことを知った。それこそ、真だ。……これから、通わせてもらうよ」

「俺も！　河豚の美味しさを知っちまったら、店に行かずにはいられない」

「私も！　なんだかお肌もぷるぷるになるようだし、女の友達を誘って、今度一緒に行くわ」

皆の言葉に、甚兵衛は「ありがとうございます」と繰り返し礼を言い、何度も頭を下げる。

——本当によかったわ、甚兵衛さん。これでお客様を取り戻せるわね——

お園も胸が熱くなった。

炊き出し大会は大盛況で、集まった人々も、主催者も、もちろんお園たちも、大喜びだ。昼に始め、七つ（午後四時）まで休む間もなく料理を続けたが、皆のお腹が落ち着いてきて、お園たちも少し休んだ。

「女将、お疲れ。今年も大活躍だな、恐れ入る」

八兵衛たちが声を掛けてくる。お園は息をつき、微笑んだ。

「いいえ、今年はなんといっても甚兵衛さんの御活躍があってこそよ！　私は、河豚は捌くことが出来ないもの。甚兵衛さんのおかげで、美味しい河豚料理を皆様にお届けすることが出来たのだわ」

「まあ、甚兵衛さんはもちろんだが、やはり皆の手助けがあってこそだろう。皆さん、お疲れさん」

文太が、手伝ってくれた皆に、ねぎらいの言葉を掛ける。お民が言った。

「文ちゃん、さっき格好良かったよ！　『嘘を暴き、真を信じる』、なんて、さすがは瓦版屋だ」

「本当にありがとうございました。文太さんに仰っていただけて、救われたようでした」

甚兵衛はまたも厚く礼を述べる。文太は「思ったことを言ったまでよ」と、照れくさそうに微笑んだ。

すると、吉之進の隣にいた男が、唐突に大きな声を出した。

「我輩《わがはい》は河豚は初めて食べたが、実に旨かった。子供の頃から河豚は食べるなと言われていたから、下魚《げざかな》と見くびっていたが、なかなかどうして良い味ではないか」

男は刀を差しているところを見ると、武士であろう。河豚は毒があるので、武士は食べないものであった。

――この方は、いったい？――

お園が思っていると、吉之進が男を紹介した。

「先日少し話したが、例の文香の兄の恭史郎だ。炊き出し大会の話をしたら、是非行きたいと言うので、連れてきたという訳だ」

「よろしくお願い申す」

恭史郎は吉之進と同じく総髪であるが髭《ひげ》もじゃで、どことなく風変りな男に見えた。

「よろしくお願いします」とお園が返事をするも、小町の一人がやってきて、こんなことを言う。

「すみません。お料理そろそろ無くなってしまいますので、また作っていただけますか」

「かしこまりました。張り切って作ります」

お園は笑顔で答え、腰掛けていた床几から立ち上がる。甚兵衛やお波たちも、再び料理に取り掛かった。お園は吉之進と恭史郎に、微笑んだ。

「まだ続きますので、ごゆっくりお楽しみくださいね。いらしてくださって、本当にありがとうございます」

二人も笑みを返し、邪魔になってはならぬと、離れた。

お園のほうを振り返りつつ、恭史郎が吉之進に訊ねた。

「今の女人は、吉之進殿とどういう関係だ？」

「え？　いや……どういうと言われても困るが、仲間のようなものだな」

「ふうむ。本当にそうか？」

「本当だが……それが何だというのだ」

恭史郎は顎鬚《あごひげ》をさすりつつ、吉之進をじろじろと見た。

「なかなかの美人ではないか。男と女の関係ではないのか？」

吉之進も恭史郎を見やり、少し考え、答えた。

「まだ、そのような関係ではない。だが、大切な人とは思っている」

「ふうむ、なるほど」

恭史郎はにやりと笑ったが、吉之進は気づかなかった。

「どうだ、戯作のこと、女将に相談してみては？　料理のことで何か教えられることがあるかもしれない」

「そうだな……考えておこう」

恭史郎は振り返り、懸命に立ち働くお園を、目を細めて眺めた。

四

炊き出し大会の評判がすこぶる良く、〈ゑぐち〉には以前からのお客のみならず新しいお客も押し寄せ、目まぐるしいほどの繁盛を見せた。甚兵衛は涙を浮かべてお園に礼を述べた。

「一時はどうなることかと思いましたが、お園さんのお計らいのおかげで、またやっていけそうです。……店が閑古鳥となった時は、辛かったです。でも、そのおかげで、お客様の有難さというものを、改めて分かることが出来たようにも思うのです。これからは、以前にも増して調理に気をつけて、河豚の美味しさを皆様に伝えていきたいです。毒は取り去り、真の美味を残しながら」

甚兵衛の言葉に、お園は同じ料理人として心を打たれ、「本当によろしかったです。私もそのお心、見習わせていただきたく思います」と、声を詰まらせた。

〈ゑぐち〉のことはひとまず安心であったが、事の発端《ほったん》となった、謎の戯作者〈書楽〉とは誰か、いったい何の目的であのような話を書いたのか、謎は残った。

文太も謎を暴きたく、〈読楽堂〉に詰め寄ったそうだが、〈読楽堂〉は「別に予言をしている訳ではなく、話の上で必要な展開がたまたま当たってしまっただけで、関係ない。すべて、ただの偶然だったことだ」と、しらを切るばかりだったという。


ほどなく、吉之進は恭史郎を〈福寿〉に連れてきた。

「まあ、先日はどうも」

「いやいや、我輩のことを覚えていてくれて、嬉しいぞ」

恭史郎は大きな声で言い、小上がりにどっかと座ると、腕を組んで店を眺め回した。

「吉之進殿が言うように、なかなか良い店ではないか！　気に入ったぞ」

「ありがとうございます。ごゆっくりお寛《くつろ》ぎくださいね。……まずは、どうぞ。赤貝と冬葱のぬたです」

お園は二人に、酒とお通しを運んだ。ぬたとは、辛子《からし》酢味噌で和えた料理のことである。

赤貝は彩《いろど》りも華やかになるので、この時季の料理には欠かせなかった。

「おおっ、これは旨そうだな」

小鉢を眺め、恭史郎が舌舐りする。二人は早速酒を酌み交わし、小鉢を突いた。

「うむ、旨いではないか！　こりこりと弾力のある赤貝を嚙み締める度に、つんとした辛さと酸っぱさとコクのある甘みが合わさって、まったりと蕩け合う。葱にもこの味は合っているぞ」

恭史郎はがつがつと、あっという間にぬたを平らげてしまった。

「いくら腹が減っているといっても、もう少し味わって食え」

吉之進が苦笑する。お園が訊ねた。

「お腹空《す》いていらっしゃるのですか？　では、何か御飯ものをお出ししましょうか」

恭史郎は頭を搔いた。

「いや、我輩、武家の次男坊で、家を出て暮らしておるのだが、食うのもなかなかたいへんでな。おまけに大飯食らいだから、年中、腹を空かせているという訳だ」

「そうなのですか……では、やはり御飯ものがよろしいですね。少しお待ちください、すぐに持って参ります」

お園は微笑み、急ぎ足で板場へと戻る。待っている間、吉之進と恭史郎は酒を酌み交わした。

「良い店を紹介してくれて、礼を言うぞ」

恭史郎はやけに機嫌が良い。吉之進は――やはり連れてきてよかったようだ――と、思っていた。

少し経ち、「お待たせしました」と、お園が運んできたのは、赤貝の炊き込み御飯だった。人参と牛蒡、微塵《みじん》切りにした生姜も入り、三つ葉を散らしているので、彩りも鮮やかだ。湯気の立つほくほくの炊き込み御飯に、恭史郎の目尻が下がる。

「旨いっ！　旨いではないか！　出汁が利いていて、生姜も利いていて、堪らん！」

恭史郎はひたすら「旨い」を繰り返し、温かな御飯を貪り食う。吉之進は呆れたように見ているが、そんな恭史郎がお園は微笑ましい。自分が作ったものを喜んで食べてもらえるのは、やはり嬉しいのだ。

「お出汁は、赤貝の煮汁と、昆布出汁を併せたものです。それにお醬油も少し併せて、炊き込みました」

「この、少し焦げたところが、芳ばしくて、また旨いのだ！」

恭史郎はあっという間に平らげ、お代わりも忽《たちま》ち平らげ、三杯食べてようやく落ち着いたようだった。

「ああ、旨かった。これほど旨い飯は、久方ぶりだ。この前の河豚も旨かったが、この赤貝の炊き込み飯には惚《ほ》れ惚《ぼ》れしたぞ」

恭史郎は楊枝《ようじ》を銜《くわ》え、膨れた腹をさする。吉之進は溜息をつき、お園に恭史郎のことを改めて紹介した。

「この前も言ったが、こいつは文香の兄さんだ。今は傘張りの仕事をしつつ、戯作を書いてもいる」

「ああ、この間、言ってらした……」

お園は目を瞬かせた。炊き出し大会で紹介された時も思ったのだが、恭史郎は髭もじゃの痩《や》せたヒグマのような男で、あの文香の兄とは想像がつき難い。

——でも、お髭を剃《そ》り落として、身なりをきちんと整えれば、精悍《せいかん》な雰囲気にはなるのかしら——

そんなことを考えつつ、お園は恭史郎を見やる。恭史郎は苦々しく言った。

「ふん、文香か。あいつはいつまで経っても、子供のような幼さがある！　あいつも我輩のように家を出て、一度は世間に揉《も》まれたほうがよいのだ」

「まあまあ、文香も、お前のことを心配しているのだから」

「余計なお世話というものだ」

恭史郎は顔を顰め、酒を呷《あお》った。お園がやんわりと訊ねる。

「何かお悩み事がおありとか？」

「そんなことまで言ったのか、あの莫迦妹は！」

「文香ではなく、俺が言ったんだ。……女将、恭史郎は、戯作で料理に関することを書かなくてはならないのだが、それで行き詰まっているのだよ。それも、戦国時代の話だ」

「まあ、それはたいへんですね」

お園は目を瞬かせる。吉之進は、恭史郎が困っている訳を、お園に話した。

〝信長と光秀の本能寺の変は、家康に出した料理が引き金となって起きた〟……その説に基づき戯作を書いたところ、評判がよろしくなく、版元から同じ主題で書き直しを求められ、それが失敗したら後はないと言われてしまったということ、を。

話を聞いて、お園は息をつき、答えた。

「そうなのですか……。正直、私は難しいことは分かりませんが、何かお力になれましたら、嬉しいです」

するると、ぶすっとしていた恭史郎の顔が、ぱっと明るくなった。

「いや、女将に戯作の筋を考えてほしいなんて、そんなことは思ってはおらん！ただ、閃きを与えてほしいのだ。その閃きというのは、女将が作った料理を食べたり、女将を見ていたりして、我輩が勝手に得るものだ。だから、女将は至って普通に、我輩に接してくれればいいのだ」

「そのとおりだろう。女将の料理を食べるうちに、何か閃きが舞い降りてくるかもしれん。……という訳で、今後も時折、恭史郎が〈福寿〉を訪れるだろうが、女将、よろしく頼む」

お園は二人に微笑んだ。

「もちろんです。恭史郎さん、よろしくお願いしますね」

「いや、こちらこそ！」

だいぶ酔いが廻っているのか、恭史郎は頬を少々赤らめている。吉之進が恭史郎を肱《ひじ》で突いた。

「お前、お代はちゃんと払えよ」

てしまう。

「ば、莫迦！　そんなのは当然だ！」

恭史郎も吉之進を肱で突き返す。そんな二人を眺めながら、お園は思わず笑っ

そこへ三人連れのお客と、続けて八兵衛とお波が店へ入ってきた。三人連れは

「ここでいい」と土間の床几に腰掛け、八兵衛たちは小上がりに座る。

「おや、吉さん。御親戚の方も御一緒で」

「八兵衛殿。こいつは、この店がもうすっかり気に入ってしまったようだ」

「うむ。料理も酒も実に旨い。気に入らない訳がない」

「あら。恭史郎さんって物分かり良さそうね！」

お園は八兵衛たちを吉之進に任せ、板場へと戻って酒とお通しの用意を始める。皆の笑い声が外にまで漏れ聞こえ、今宵《こよい》も〈福寿〉は賑やかだ。

その後もお客が増えていき、お園は忙《せわ》しなく立ち働いた。板場で料理をするお園の耳に、お波の甲高い声が届いた。

「ねえねえ、恭史郎さん！　じゃあ、今話題の謎の戯作者〈書楽〉の正体って、知ってるのお？」

お園の手が、一瞬止まる。続いて、恭史郎の野太い大きな声が聞こえた。

「知らん！　我輩も〈書楽〉が気になってはいるのだが、誰の仕業《しわざ》かさっぱり分からんのだ」

「ふうん、同じ仕事をしている人でも分からないんだったら、本当に謎の人物なのね。そういや文ちゃんが言っていたけれど、来月、〈読楽堂〉の瓦版に、戯作の第二弾が載るみたいよ！」

「なに？　続き物となるのか？」

「そうみたい。今月発表したのがうんと話題になったから、売り上げが凄《すご》かったんですって！　さて、来月はどんな戯作が載るのかしら。楽しみね」

「また何かおかしなことが起こらなきゃいいけどな」

八兵衛の溜息混じりの声も、聞こえる。

——八兵衛さんの言うように、何も起きなければいいけれど……。〈書楽〉もそうだけれど、〈読楽堂〉も、いったい何を考えているのかしら。単なる話題作りで、とにかく売り飛ばせばよいと思っているのかしら——

お園は考えを巡らせつつ、竈《かまど》に火を熾《おこ》した。

お園の料理が美味しく、〈福寿〉の居心地が良いのか、恭史郎はしばしば一人でも訪れるようになった。

八兵衛や文太と遣《や》り合ったりするのも、楽しいようだ。

「いやあ、うちも〈読楽堂〉に負けねえような戯作を連載したいと思ってんだ！　今度、頼むかもしれないんで、その時はひとつ、よろしく」

「それはそれは、こちらこそ！　何が〈書楽〉だ！　我輩だって、あれぐらい書いてみせるわ！」

恭史郎はすっかり溶け込み、嬉々としている。

「女将さん、また仲間が増えたわね。この人、楽しいわあ」

喜ぶお波に、お園も笑顔で頷いた。


睦月も終わりの朝、お園が仕込みをしていると、戸が開いた。

「はい、どちら様……」

板場から顔を出し、お園は目を瞬かせた。文香が一人で立っていたのだ。文香は相変わらず麗しい振袖姿で、険しい顔をしている。

お園が板場から出てお辞儀をすると、文香は、またもきっとして言い放った。

「なによ、貴女《あなた》、あたくしの兄まで誑《たら》し込もうとして！」

お園は目を見開き、手を胸に当てた。突然の言い掛かりに、何と答えてよいか分からなくなってしまう。

「……そんな、私……」

「おとなしい顔をなさって、とんだ女狐《めぎつね》ね、貴女。吉之進様だけでなく、あたくしの兄にも色目を遣って。そんなことしたって無駄よ。なによ、貴女なんて町人のくせに！」

お園は、文香を見つめた。文香の大きな目には、火が燃えているようだ。

黙ったままでいるお園を、文香は「ふん」と鼻で笑い、帰っていった。


文香の言葉は棘のようにお園の胸に突き刺さり、なかなか抜けなかった。

その夜、吉之進が呑みにきたが、お園はぎこちない態度になってしまった。

「どうした？　なんだか元気がないようだが」

吉之進に問われ、お園は笑みを作って答えた。

「ううん、そんなことないわ。……少し、風邪《かぜ》気味なのかも」

吉之進はお園をじっと見つめた。

「そうか……躰には気をつけたほうがよい。無理せず、休みたい時は休むほうがよいぞ」

吉之進の優しさが伝わってきて、お園は不意に涙が滲みそうになる。

「ありがとう。……大丈夫よ」

お園はそう言い、板場へと行った。決して吉之進が悪い訳ではないのに、文香が現れたおかげで、身分の違いというものを思い知らされ、お園は動揺しているのだ。

――やはり私は、吉さんを好いてはいけなかったのかしら――

そんな思いが、お園を苛む。

吉之進は、早く帰っていった。帰る間際《まぎわ》に卵酒を注文し、お園が作って持っていくと、吉之進は言った。

「これは、女将が呑んでくれ。風邪にはよいだろう」、と。

吉之進のそのような思い遣りが、お園をいっそう苦しめるとも知らずに。お園は町人である自分の身が申し訳ないようで、吉之進の顔をまともに見ることも出来なかった。

翌日、午前に買い出しにいった帰り、お園は西堀留川沿いで、〈山源〉の寛治と、ばったり出会った。挨拶を交わした後、寛治が言った。

「なんや元気ありませんな。どないしました？」

苦笑いするお園を、寛治が見つめる。お園は川に目をやりながら、答えた。

「駄目ですね、私。気持ちが顔に出やすいんです。もっと大人にならなくてはね」

お園は手に息を吹き掛け、擦り合わせる。今日は一段と冷え、お園は朱色《しゅいろ》の半纏《はんてん》を羽織《はお》っていた。そんな姿をじっと見て、寛治が不意に言った。

「急ぎます？」

「え、ええ……。お昼の仕込みをしませんと」

「ほんの少しでいいんで、お時間いただけませんか？　俺の料理を食べてほしいんですが」

お園は顔を上げ、寛治を見つめ返した。

寛治はお園を〈山源〉に連れていき、小上がりに座らせ、お茶を出した。〈山源〉も店が始まる前で、お客はお園しかおらず、板前たちも板場で仕込みに取り掛かっていた。

お園はお茶を啜って、息をつく。円やかな宇治茶《うじちゃ》は、心までも温めてくれるようで、お園は不意に目頭が熱くなった。

指先でそっと目を押さえるお園に、寛治は言った。

「俺でよければ、何でも話しや。女将から聞いたこと、他の誰にも、言ったりせえへん」

寛治の声にも言葉にも、ぶっきら棒な優しさが籠っている。お園は、――寛治さんにならーーと、悩んでいることを打ち明けた。吉之進の親戚の娘に、棘のあることを言われ、それがずっと心の中で燻《くすぶ》っている、ということを。

このことは、八兵衛たちには話せなかったが、どうしてか寛治には話せた。それはきっと、八兵衛たちはお園にとって、親し過ぎるからであろう。寛治は、知り合って、そう日が遠くない。重い悩みを打ち明ける時は、そのように、信頼は出来るが親し過ぎない者のほうが、却《かえ》って気が楽なことがあるのだ。話すほうも冷静でいられるし、答えるほうも素直に判断が出来るだろう。

お園と吉之進の間柄についてては、寛治は知っている。お園は寛治に、一人の男としての意見を、聞きたかった。

寛治は神妙な顔でお園の話を聞いていたが、こう言った。

「なんや、大したことやあらへんな。その親戚の女の言うことなんて、聞き流せばいいだけのことや。阿呆くさ、って」

寛治は腕を組み、笑っている。なんだか真剣に語った自分が莫迦らしくなり、お園は唇を尖《とが》らせた。

「そうかしら」

「自分にとっては重大な問題でも、他人からしてみれば取るに足りないこと、なんてよくある話や。吉さんから暴言吐かれたっていうなら落ち込むのも仕方あらへんが、なんで親戚の女に言われたことで傷つかなあかん？」

お園は黙ってしまう。京訛《なま》りでぽんぽんと言われると、なぜだか本当にそのとおりのように思えてくる。寛治は「料理持ってくるさかい、ちょいと待っててや」と言って、板場へと入っていった。

お園は再び息をつき、ぬるくなったお茶を啜る。ぬるくても宇治茶は転がるような喉越しで、お園は目を細めた。

「へい、お待ちどう」

寛治が料理を運んでくる。小鍋を覗き込んで、お園は目を瞬かせた。

「これは……鼈煮《すっぽんに》？　でも、鼈ではないわね。河豚？」

「そうや。河豚と鮪《まぐろ》も入ってるから、食べてみてや。酒が利いてて、温まるで」

「えっ、鮪も？〈山源〉さんでも、鮪を使ったりするの？」

「うちは堅いこと言わんと、何でも料理するようになったんや。誰かさんのおかげでな。この頃は上方だけでなく、江戸の味も考えてるし。まあ、食べてみてや」

「なるほど。では……いただきます」

お園は河豚と鮪の鱈煮に、箸を伸ばした。他に、葱と豆腐も入っている。

鱈煮とは、油で炒《いた》めてから、醤油・砂糖・酒で味付けをし、生姜汁を加えた煮物のことだ。本来は鱈が材料なのだが、他の材料を用いて同様に作ったものも、鱈煮と呼ぶ。

「うん、美味しいわ！　濃い味付けになりがちなのを、京風にやや薄くしているでしょう？　それが河豚にも鮪にも合っているの。河豚も鮪も、油で炒めると、本当により美味しくなるのよね。……ああ、お葱もお豆腐も、味が染みてるわ」

お園はうっとりとしつつ、頬張る。そんなお園を眺め、寛治は笑った。

「それだけ食い気があったら、大丈夫や。女将、口で言うほど悩んでおらんで」

お園はもぐもぐしながら、寛治を軽く睨んだ。

「だって、美味しいんですもの。でも驚いたわ、下魚の河豚や鮪を、寛治さんがこんなふうにお料理してしまうなんて」

「下魚やなんやて……旨いもんは旨い、それでええんちゃうの？」

お園と寛治の眼差しがぶつかる。寛治は笑みながら、続けた。

「この前の炊き出し大会で、河豚の料理がたいそう評判が良かったって聞いたわ。前々から思っていたこと、それ聞いて、確信したわ。今は下魚なんて言われてる鮪や河豚が、いつか天下取るんやないかって。だって、確かに旨いものな。下剋上《げこくじょう》や」

「下剋上……」

いつもながら自信に満ちた寛治の笑顔を眺めながら、お園の心に、ふと恭史郎の戯作のことが浮かんだ。

「そうや。今まで、そうやって世の中は動いてきた。下の者の怒りと情熱が、本当の美味しさ・真実が、上の者を倒す。立場が逆転して、価値ががらりと変わってしまう。その繰り返しや。だから、町人だって、いつか天下を取るかもしれへん。そうやろ？」

寛治がお園にこの料理を出してくれた意味が分かり、お園の胸に熱いものが込み上げる。お園は少し掠れる声で、「ありがとう」と、礼を言い、鼈煮を頬張った。お腹が膨れるにつれて、お園の心も満ちていくようであった。

二品目　紅白ゆで卵

一

店が始まる前、お園は朱色の半纏を羽織り、吐く息を白く煙らせ、近くの稲荷《いなり》へお参りに行った。冬の晴れた日は空気が澄んでいて、とても清々《すがすが》しい。艶やかな椿《つばき》に見惚《みと》れつつ、日溜まりの雀《すずめ》にそっと餌《えさ》をやる。

急ぎ足で店に戻ると、仕込みに掛かる。独活《うど》を束子《たわし》で擦って洗い、皮を剝いて、あく抜きをする。独活はあく抜きをしっかりしなければ、美味しくないからだ。

日々熱心に仕事をしながらも、そして寛治の料理に励ましてもらいながらも、お園の心はやはり揺れ動いていた。寛治の言うことも頭では分かるのだが、どうしても躊躇ってしまうのだ。文香の言葉が、お園の心に、しこりのように残ってしまったからだろうか。

——吉さんからは、やはり身を引いたほうがよいのかしら——

お園は、そんなことを思うようにまでなっていた。

——私が町人の出だから、吉さんも色々考えてしまって、それで一線を越えてこないのかもしれないわ。ならば、今ならまだ、傷が浅くて済むのではないかしら——

そう考えるものの、どこか踏み切れず、それがゆえに思い煩《わずら》い、眠れぬ夜もあった。

如月《きさらぎ》八日の事始めの日、〈書楽〉の第二作目が、〈読楽堂〉の瓦版に掲載された。

《大店の大旦那の妾《めかけ》が、間夫《まぶ》との間に双子の子供を産む話。ついには妾に酷いことを言われて、大旦那は捨てられる》

今度は具体的な町名なども書かれておらず、料理屋も関わっていないので、安心する者も多かった。しかし、主人公が再び〈大旦那〉なので、「やはり続きものなのか」という話になり、色々な推測も飛び交った。

「この〈大旦那〉というのは、実際の誰かを暗示しているのだろうか」

「また戯作どおりのことが起き、今度はどこかの〈大旦那〉が、酷い目に遭うのかね」

などと再び話題になり、〈読楽堂〉の瓦版は飛ぶように売れ、文太は悔しがった。

その日、お園は皆に〝御事汁《おことじる》〟を出した。小豆、牛蒡、里芋、大根、人参、豆腐、焼き栗、慈姑《くわい》、蒟蒻を入れて煮込んだ、味噌汁である。事始めとは農業を始める日でもあるから、滋養たっぷりの作物に感謝を籠め、お園は作った。

この御事汁は、元々は小豆、牛蒡、里芋、大根、人参、蒟蒻の六つの具を入れたもので、六質汁《むしつじる》とも呼ばれた。〝六質汁〟が〝無実汁〟と語呂合わせされ、無実の罪を免《まぬか》れるという意味を持つ。如月八日に御事汁を食べれば、天がもたらす災いのみならず、人がもたらす災いからも逃れることが出来ると信じられていた。

また、如月は招福から除災への変わり目に当たってもいて、事始めはそれを示す儀式でもあり、それゆえに魔除《まよ》けの呪力を持つと言われる小豆を入れた御事汁を食べ、無病息災を願うという訳だ。

お園の心が籠った御事汁を、皆、笑顔で味わった。

沢山の野菜の旨みが染みた汁を啜り、お波が声を上げる。

「うーん、美味しい！　温まるわあ。今年も和やかにいきたいものよね」

「そのとおりだが、そう上手くはいかないってのが、人の世ってもんでね」

慈姑を嚙み締めつつ、八兵衛が言う。

「睦月から、瓦版騒ぎがあったもんね。あの時に書かれたことは確かに物騒だったけれど、今度の二作目はそうでもないよね」

ほくほくの焼き栗を頰張り、お民は嬉しそうな顔をする。今宵は息子を亭主に押し付け、一人で来ていた。

「そうよね。あんな話は、どこにでも転がっていそうだもの。まあ、酷い目に遭う〈大旦那〉には、お気の毒としか言いようがないけど」

すると、黙々と夢中で御事汁を食べていた竹仙が、箸を止めて、急にこんなことを言い出した。

「あたし、こういう女《ひと》、知ってます」

「あら、どんな女？　どこでどう知り合ったのよ？」

興味が湧いたのだろう、お波が身を乗り出す。

「ええ、その女……お竹《たけ》さんって言うんですけれどね。お竹さんとは、実は〈読楽堂〉が縁で知り合ったんですよ。いえ、あたしも〈読楽堂〉のことがやけに気になりましてね、近くで店を開いて辻占しながら、張っていたんです。で、そのお竹さんは例の瓦版を読みたいが為に、版元の〈読楽堂〉にまでわざわざ買いにきてましてね。帰りがけに、ふとあたしが気になったようで、手相を見てあげたことがきっかけという訳です」

「お竹さんは、どうしてわざわざ版元まで買いにきてたんだい？」

「ええ、〈読楽堂〉の瓦版は売れ過ぎてしまっていて、お竹さんが住む近場では、手に入らないそうなんです。お竹さんも〈書楽〉の戯作が目当てで、瓦版を買い始めたみたいですよ」

「へえ、そんなに人気なのかい、〈読楽堂〉の瓦版は」

「文ちゃんがげんなりする訳、分かるね」

皆、御事汁をお代わりしながらも、姦《かしま》しい。

「それでそのお竹さんの手相、とても不思議なものでね。それで興味を持ちまして、話を聞きましたら、双子の妹さんのほうで、もう一人はお兄さんなんだそうですよ」

「あら、双子っていうところが、〈書楽〉の戯作と被っているわね」

「……」

「そうなんです。それでお竹さんを思い浮かべたという訳なのです。それに
竹仙は声を少し潜め、続けた。

「お竹さん、なんでも〈妾業〉を生業《なりわい》としているそうなんです」

「妾業ですって！　ますます戯作と被るじゃないの！」

妾業という言葉が、お波の何かをくすぐったのだろうか、声を弾ませる。

「ね、被りますでしょう？　そうしますと、〈書楽〉の戯作が予言であるなら、お竹さんが旦那を捨てることになるのですが、さて、どのような展開になりますことやら……。楽しみでもありますねえ。いえ、お竹さんって、なかなか婀娜《あだ》っぽい姐さんでね。あたしと〝竹〟の字が一緒ってこともあって、なんだか放っておけなくてね」

竹仙は、ふふふと笑う。

「ふうん。面白い姐さんのようじゃねえか。どうだい、そのお竹さん、今度この店にも連れてくれれば？」

「よろしいですかね、女将さん」

竹仙に訊かれ、お園は笑顔で答えた。

「もちろんです。私もお竹さんにお会いしてみたいわ」

「じゃあ、連れて参ります。このお店、きっと気に入るでしょうから」

お園は頷いた。

その日、店が終わる前頃に、吉之進と恭史郎が連れ立ってやってきて、お園は二人にも御事汁をふるまった。

寒月が照る帰り道、恭史郎は良い気分で酔っぱらっていた。

「吉之進殿は以前、あの女将とは男女の間柄ではないと言ったよな」

「……ああ。それがどうしたんだ」

「では、我輩が女将を好いても、構わぬということだな」

吉之進は立ち止まり、恭史郎を見やった。

「女将のことを大切に思っているとは、言った筈だ」

「子供同士ではあるまいに。吉之進殿が大切に思っていたって、女将はそうではないかもしれない」

「なに？」

「いや、あの女将、なかなかもてると思うぞ。案外、吉之進殿は、手玉に取られているのではないか？　だから女将も煮え切らず、男と女の間柄になろうとはせぬのよ。もしや、吉之進殿は、女将に群がる男の中の一人に過ぎぬのかもしれん」

吉之進の顔つきが変わっていくのを見るのが愉《たの》しいかのように、恭史郎は挑発する。吉之進は気にも留めぬように言った。

「莫迦なことを言っていないで、戯作にちゃんと取り組んだらどうだ。版元に愛想を尽かされるぞ」

痛いところを突かれ、今度は恭史郎がむっとする。

「いやいや吉之進殿、そう邪険にされるな。まあ、我輩が女将に惹《ひ》かれているのは確かであるから、その点では遠慮はせぬからな。近いうちに人気の戯作者となり、いい女も摑まえてみせよう。で、そのいい女というのは、限りなく女将であろうがな」

そして恭史郎は、声を上げて笑った。凍《こご》えそうな夜だが、寒さすら忘れてしまう。吉之進は恭史郎を睨んだ。

「勝手にほざいておくがよい」

吉之進は呆れたように言い放ち、恭史郎を置いて、行ってしまった。恭史郎は吉之進の背を見ながらにやりと笑い、口笛を吹いて、住処《すみか》のある岩本町《いわもとちょう》のほうへ向かって歩いていった。

二

竹仙が、お竹を〈福寿〉に連れてきた。

「うわあ、感じの良いお店ねえ」

お竹は入ってくるなり、明るい声を出した。妾業を生業とするお竹は、女が見ても艶やかで、お園は目を瞬かせた。

――芸者さんをなさっている方も何人か知っているけれど、また感じが違うわね。陽気というか、溌剌《はつらつ》としているというか。なるほど、婀娜っぽいお姐さんだわ――

お竹は大きく襟《えり》を抜いて着物を纏い、真紅《しんく》の紅を差している。肌はきめ細かく、躰は適度に豊かで、胸から腰、お尻に掛けて、女らしい曲線を描いていた。着物や簪など身に着けているものからも、お竹を囲《かこ》っている旦那は金子持ちだと窺える。

お園は早速、酒とお通しを運んだ。

「どうぞ。大根と椿の花の、酢の物です。お竹さんに相応《ふさわ》しく、椿の花びらを使ってみました」

小皿に盛られた酢の物に、お竹は大喜びだ。

「きゃあ、綺麗！　でも、椿の花って食べられるの？」

「はい。召し上がれますよ。がくなどは取って、しっかり洗っておりますし、湯がいてもおりますので、御安心ください」

「そうなんだ。では、いただきます」

椿の花びらを箸で摘み、お竹は口に運んだ。真紅の唇が、紅色の花びらを銜《くわ》える。

「やだ、椿って仄《ほの》かに甘いのね！　柔らかくて、甘酸っぱくて、美味しい」

「大根も、しゃくしゃくして旨いです。みずみずしい大根に、酢は合いますね」

「お酒が進んじゃう」

お竹はぺろりと舌を出す。お竹は笑うと目が垂れて、えくぼが出来る。美人ではあるが、気取っておらず、可愛らしい感じの女だ。

お園はお竹の猪口《ちょこ》に、酒を注ぎ足した。

「双子のお兄様がいらっしゃるのですってね」

「ええ。兄さんは小間物屋をやっているの。でも私は、兄さんの世話にはならず、一人で好き勝手に生きてるって訳」

お竹は奔放《ほんぽう》な女なのだろう。お園は二人に、次の料理を出した。椀に浮かんだ、ほんのり紅い団子を見て、お竹は声を上げた。

「あら、可愛い！　色といい、形といい、大きめの苺《いちご》のように見えるわ」

「仰るように、〝いちご汁〟という名前のお料理なんですよ。お竹さんのことを竹仙さんからお伺いして、お竹さんの雰囲気に合うようなお料理をお出ししようと考えていたのです」

お園は微笑んだ。

「そんな……私に合う料理を考えてくれたなんて、嬉しいわ。早速、いただきます」

お竹は、いちご汁の匂いを吸い込み、顔をほころばせて汁を啜った。

いちご汁は、宝暦《ほうれき》年間に刊行された『料理珍味集』に出てくる料理だ。作り方は、こうである。海老《えび》の殻を剝《む》いて背ワタを取り、身だけを叩いて擂り身にする。繋ぎに葛粉《くずこ》を少し入れて、苺のような形に丸めて茹でる。この時、海老の味を逃さないように、お湯に塩を少し入れておく。形が崩れないよう、煮立て過ぎず、火が通って浮いてきたら椀に取る。茹でた青菜（小松菜など）を苺の蔕《へた》に見立てて添え、澄《す》まし汁を張る。

海老真薯《しんじょ》のようなものであるが、繋ぎに葛粉を少し入れる他は海老しか使っていないので、そこが真薯とは異なり、いっそう海老の風味を楽しめる料理である。

「いやあ、これ、見た目もさることながら、いい味ですねえ。海老好きには堪りませんよ」

竹仙が感心したように言う。お竹も、海老の団子をうっとりと噛み締めていた。

「唇に当たるとふわふわなのに、歯応えはぷりぷりなの。ほんと、堪らないわ！　海老の美味しさが、ぎゅっと詰まっているみたい。可愛い顔して、やるわね、いちご汁」

「まるでお竹さんみたいですねえ」

笑いが起き、愛らしいいちご汁のおかげで、ぐっと和んでいく。

「海老のお料理が好評で、よろしかったです。では、また少々、お待ちくださいい」

お園は板場へと一旦戻り、今度は揚げ物を持ってきた。

「先ほどの海老のお団子と、椿の花びらを揚げてみました。お熱いうちに、どうぞ」

「うわあ、美味しそう！」

揚げたての芳《かん》ばしい香りに、二人は喉を鳴らす。お園は海老の団子には、今度は片栗粉と卵も混ぜて、揚げた。二人は「熱い、熱っ」と言いながら頬張り、恍《こう》惚《こつ》の笑みを浮かべた。

「女将さん、海老団子揚げ、気を失いそうなほど美味しい……」

「いやあ、椿の花びらの揚げ物も風流ではないですか。なんとも艶やかな味わい、歯触りです」

さくさくと音を立てて味わう二人を眺めながら、お園も幸せな気分になる。

「美味しい」と言って食べてもらえることが、お園の何よりもの喜びだからだ。

揚げ物でいっそう酒が進み、二人とも早々に酔い始める。お竹はますます陽気になり、胸元をはだけて豊かな谷間を少し覗かせながら、不満をこぼした。

「でもねえ、妾やるのも楽じゃないのよ！　私の旦那、うるさくて敵わないの！」

「贅沢《ぜいたく》な悩みですねえ。囲われているのですから、うるさく言われて当然でしょう。で、旦那さんって、どんな方でしたっけ」

「料理屋の大旦那様よ。吉原《よしわら》の近くで、店を開いてるの。吉原のお客がその行き帰りに立ち寄るから、繁盛してるんですって！　鼈料理が主だから、精力つけるにはいいみたいなのよぉ。……まあ、そんなことはいいとしてさ、そいつがうるさいんだ！　『若い間夫でもいるのではないか？』って、しつこく訊いてきて、鬱陶《うっとう》しいったらないの。そんでさ、そいつ、嫉妬を燃え立たすあまりにお酒を呑み過ぎちゃってさ、転んで、怪我をしちゃったのよ！」

「まあ、それはたいへん」

お園が言うと、お竹は頷いた。

「たいへんだったのよ。転んだのが、うちの廊下だったから。お医者さん呼んだりしてね」

お竹はその大旦那に家をあてがわれ、そこに女中付きで暮らしているという。

そんな話で盛り上がっていると、戸が開いて、恭史郎が入ってきた。

「おう、楽しそうだな。我輩も入れてくれ」

と、恭史郎はずかずかと座敷に上がる。お園は恭史郎にも酒とお通しを運び、再び揚げている間に、三人はすっかり打ち解けていた。

「なるほど、それでお竹殿は、その大旦那が煩《わずら》わしいということであるな」

恭史郎は揚げ立ての海老団子を頰張り、「熱ちちっ」と声を上げつつ、嚙み締める。お竹はすっかり酔って、頰を艶《なま》めかしく染めていた。

「そうなのよお。縛られるのが嫌いなの、私」

「どうです、〈読楽堂〉の連載戯作のように、大旦那を振ってやれば？」

竹仙が意見すると、お竹は後《おく》れ毛を弄《いじ》りつつ、答えた。

「それもいいかもね……でもねえ」

「それは惜《お》しい気もするのでしょう？」

竹仙に問われ、お竹は、ふふふと笑う。

「だって、大旦那様は、後《うし》ろ盾《だて》だもの。私にしてみたら、生活を考えれば、やはり手放したくはないわ。たとえ愚痴をなんだかんだ言ってもね」

「それで大旦那は幾つなのだ？」

「五十代後半よ。お腹も出ちゃって、でっぷりしているけれど、ちゃんとすると、なかなかいい男よ」

お竹はまたも含み笑いだ。そんなお竹を、恭史郎はまじまじと見た。

「ほう、そんなに歳が離れているのか！　自分の父親ほどの歳の男を手玉に取るなど、お竹殿、やるではないか」

「あら、それぐらいの歳の男を操るなんて、簡単よぉ。時に甘えて、時に拗《す》ねて、焦らして。……ま、ありがと」

恭史郎に酒を注がれ、お竹はきゅっと呑み干す。我儘《わがまま》なことを口にしても、男たちはそんなお竹に目尻を垂らしている。

話を聞きながら、お園は思った。

――お竹さんって、正直な人なのね。こういうところも、お竹さんの魅力の一つなのかもしれないわ。……なんだか、羨ましい――

決して奔放にはなれないお園は、お竹がやけに眩しく見えた。

口では色々言うものの、お竹は大旦那がやはり心配ではあるのだろう。こんなことも口にした。

「怪我をして弱っているから、何か美味しいものでも作って、少しでも癒してあげたいのよ。でも私、料理がまったく出来ないの。何か作ってあげたいんだけれどね」

溜息をつくお竹に、お園は微笑んだ。

「作ってあげたいという、その気持ちが一番なんですよ」

「そういうものかしら。下手《へた》くそでも、私が作ってあげたら、喜んでくれるかしら」

酔いが廻って坊主頭を染めた竹仙が、大きく頷く。

「惚れた女が料理を作ってくれたら、どんなものでも、男は皆喜びますよ。男なんて、そんなもんです。……どうです、お竹さん、女将に料理を教えてもらったら？」

「まあ、それは嬉しい！　でも私、本当に下手だから……。女将さんみたいに、こんなふうにサクッと揚げることなんて、出来ないわ」

お竹は唇を尖らせる。

「大丈夫です。揚げ物はコツがありますので、いきなりそれからはお教えしません。もっと易《やさ》しいものから、始めてみましょうか？　私でよろしければ、お教えしますよ」

「本当？　それならば、よろしくお願いします！　易しく作れて、大旦那様に気に入ってもらえるようなお料理、教えてください」

お竹は殊勝《しゅしょう》に、お園に頭を下げる。お園は「任せてね」とにっこりした。

竹仙と恭史郎には酒を呑んでいてもらい、お園はお竹を板場に連れていって、料理を教えた。旬の鯖《さば》をまな板に置き、お園は言った。

「味噌煮を作ってみましょう」

鯖は頭と尾を切り落とし、三枚におろして、二つもしくは三つに切る。それぞれの皮目に十文字の切れ目を入れ、お湯を両面に掛けて臭みを取る。

生姜は薄切りにしておく。

鍋に、酒、味醂《みりん》、砂糖、水を入れて、溶かし混ぜる。そこへ鯖を皮目が上になるように入れ、生姜も入れて、落とし蓋《ぶた》をして少しの間煮る。そこへ味噌を加えて、また少し煮て、鍋を火から下ろして一旦冷《さ》まし、味を染み込ませる。

再び煮汁を掛け回しながら少し煮て、出来上がり。

お園が手際良くあっという間に作ってしまったので、お竹は目を丸くした。

「ええっ、鯖の味噌煮って、こんなに簡単に出来てしまうの？」

「そうなんです。鯖の味噌煮ってね、長く煮込まないことがコツなんですよ。煮込み過ぎると、鯖が硬くなって、逆に味が染み込まなくなるんです」

「一旦冷ましたのも、味を染み込ませる為って、言ってたわよね」

「そうです。味を染み込ませるには、煮え過ぎない、冷ます、ということも必要なんです。……それゆえ鯖の味噌煮は、大旦那さんに相応しいお料理と思ったのですが、如何《いかが》でしょう」

お園が微笑むも、お竹はきょとんとしている。お竹は少し考え、思いついたように、「あっ」と声を上げた。

「そうか、煮え過ぎない、頭を冷ますというのも、良い関係を保つコツということね？」

「そうです。そのほうが、味のある関係でいられるのでは、と思ったんです。煮え過ぎないことが、柔らかでいられるように、考え過ぎないことも、柔らかでいられるのでは、と」

「なるほど……それで鯖の味噌煮、なのね。よし、大旦那様に早速作って、このお料理の意味を、それとなく伝えてみるわ！　女将さん、どうもありがとう」

お竹は無邪気に、お園にしがみついてくる。お竹からは良い香りが漂い、柔らかな躰の感触に、お園は同じ女ながら思わずどきどきした。

お園に手伝ってもらいながら、お竹も鯖の味噌煮を作る。板場の二人の様子を、恭史郎は小上がりから眺め、にやけていた。

恭史郎が何やら怪しい笑みを浮かべているうちに、お竹は料理を作り、竹仙と恭史郎に運んだ。コクのある香りに、二人とも鼻を蠢《うごめ》かせる。

「これは旨そうですねえ！　お竹さんが作ったんですか？」

竹仙に訊かれ、お竹は苦笑いをした。

「私も、まあ、煮汁を回し掛けたりしたけど、殆《ほとん》ど女将さんが作ったようなものだから、安心して召し上がれ」

二人は待ちきれぬといったように鯖を頬張り、唸った。

「生姜が利いてて、味が染みてて、旨いっ！」

「実に男殺しの味だ。お竹殿、これを作ってやったら、大旦那は何でも許してくれるだろう」

夢中で食べる二人を見て、お竹は「よかったあ」と嬉しそうだ。お竹は恭史郎に訊き返した。

「本当に何でも許してくれるかしら？」

「うむ。この味、しっかり覚えておくとよいぞ。大旦那は五十代後半と言っていたが、それぐらいの歳の男はいっそう喜ぶだろう」

「あら、それはどうしてかしら」

「そりゃそうだろう。この鯖の味噌煮のように、絶妙に味が染み込んでいるものの良さが分かるのは、やはり味が染み込んだ年代の者だろうからな」

鯖の脂で唇を濡らしながら、恭史郎がにやりと笑う。お竹は無邪気に笑った。

「なるほど、そういう訳ね。このお料理、間夫にも作ってあげようと思っていたんだけれど、じゃあ、あいつはこの味を分かるにはまだ早いかしら。私より二つ上の、二十七歳だから」

恭史郎、竹仙、お園の目が、一瞬点になる。

「なんと、お竹殿にはまことに間夫がいるのか！」

「驚きました。大旦那さんのお察しどおりという訳ですね」

お竹は「そうなのよ」と、悩ましい笑みを浮かべる。「お料理お疲れさまでした」と、竹仙が酒を注ぎ、お竹は「ありがと」と一息に呑み干して、ふぅと息をついた。

竹仙と恭史郎の好奇の眼差しを浴びつつ、お竹は話し始めた。

「大旦那様に囲われて、二年以上。間夫が出来たのは、半年前ぐらいね。なんて言うか……それぞれ、互いに無いものを持っているのよ。大旦那様は、財力と包容力。間夫は、若さと精力。それぞれ魅力的で、私、どちらかを選ぶなんて出来ないのよ。私、大旦那様と間夫、両方と付き合っていたいの！」

はっきり言い切るお竹に、皆の目が丸くなる。竹仙が苦笑した。

「まあ、そこまではっきり仰られると、潔《いさぎよ》いですねえ」

「あら、自分の気持ちに正直で、何が悪いの？」

お竹は少しも悪びれない。そんなお竹を眺めながら、恭史郎は思った。

――貞淑《ていしゅく》な女人は良いものであるが、このような、はすっぱな女も魅力はあるように思える。この自由な考え方は、町人しか出来ぬものだろう。なんともおおらかで、なかなか楽しそうではないか――

三人は鯖の味噌煮を頬張りつつ、愉快に酒を酌み交わす。

お園は板場にいき、ささっと作って、運んだ。

「これは、お竹さんに。どうぞ」

「あら、油揚げ！　私、好きなのよぉ。あ、中に鯖が入ってる！」

喜ぶお竹に、お園は微笑んだ。

「このお料理、〝女狐巾着《きんちゃく》〟と名付けたんです」

「え、女狐？」

「そうです。『狐のように、男の人たちを上手く化《ば》かしてほしい』という、私からのお竹さんへの思いを籠めました」

「まあ、粋《いき》じゃない！　女将さんの気持ち、嬉しいわ、とっても。早速、いただいちゃう」

　こんがり焼き目のついた巾着を頬張り、お竹は満面の笑みになった。

〝女狐巾着〟の作り方は、こうだ。焼いた鯖の身をほぐし、刻んだ葱と混ぜ合わせる。それを醬油と味醂と酒で味付けし、油揚げに詰めて、軽く炙る。

「これって、鯖が大旦那様で、葱が間夫、油揚げが私ってこと？　私が二人を包み込んじゃっているってことで、いいのかしら？」

「さすがお竹さん、御名答です。こってりした鯖、さっぱりした葱、艶やかな油揚げ。作っていて思いましたが、絶妙な取り合わせですよね」

　お竹の目尻が、いっそう垂れる。

「これも、本当に美味しいわ。お酒にも合うし。これも、大旦那様に作ってあげたいな」

「女将、この巾着は、あたしたちにはいただけないんですか？　食べてみたいんですけどねえ」

　呂律《ろれつ》が怪しくなりながら、竹仙が言う。恭史郎もウトウトしており、男二人はすっかり酔ってしまったようだ。それに比べ、お竹は酒がかなり強いのだろうか、酔っているわりに意識はしっかりしていた。

お園は女狐巾着を作り、竹仙たちにも出したが、恭史郎はごろりと横になり寝始めてしまった。

――起こすのもなんだから、少しの間、このままにしておきましょう――

空いた皿を片付け、お園が板場へ戻ると、お竹がふらりと入ってきた。

「ねえ、女将さん。間夫にも、何か作ってあげたいから、よいお料理があったら教えてくれる？」

「もちろんです。そうねえ……何がいいかしら」

首を捻《ひね》るお園に、お竹は嫣然《えんぜん》と笑んだ。

「女将さんを見ていて分かったの、男は料理で落とせる、繋ぎ止められるって」

お竹の言葉に、お園は不意に俯いた。口を噤《つぐ》んでしまったお園に、お竹は首を傾《かし》げた。

「女将さん、どうしたの？」

「え、ええ。……なんだか、自分が情けなくなってしまって……」

「情けなく？　いったい、どうして？」

「……私って、人には尤《もっと》もらしいことを言っているけれど、自分は何も出来ないんですもの。男の人を落とすことも、繫ぎ止めることも……」

吉之進の顔が浮かんできて、お園の心が揺れる。お園は、胸を手で押さえた。

「何かあったの？　男の人のこと？」

お園は小さく頷いた。

「私でよければ、話を聞くわ。大丈夫、こう見えても私、誰にも余計なことを言ったりしないから」

お竹は奔放だが、懐《ふところ》の大きさや温かみがあることは、伝わってくる。それゆえに男にも好かれるのだろうと、お園は気づいていた。

板場から小上がりへと目をやると、恭史郎は鼾《いびき》をかいているし、竹仙も壁に凭《もた》れて寝掛かっている。

いつもなら、初めて会った者に、自分の悩みを話したりしないお園だが、今宵は気持ちが緩んだのであろうか。それとも、お竹に甘えたい気分だったのだろうか。お園は打ち明けてしまった、好いた男のことを。

お園の話が終わると、お竹は言った。

「ふうん。でも、話を聞くに、その人は身分なんてこと考えてないみたいじゃない。じゃあ、なんの問題もないでしょう。好きなら突っ走りなさいよ」

年下のお竹の言葉に、お園は目を瞬かせた。

「女将さんは相手のことを考え過ぎるんじゃない？　敢《あ》えて、相手のことを考えず、自分だけのことを考えて、たまには突っ走ればいいんだわ。さっき、自分でも言ったじゃない。煮え過ぎない、考え過ぎないのがよい、って」

お竹の口調は少々はすっぱであるが、温かみがあった。

「励ましてくれてありがとうございます」と、お園は素直に礼を言った。本当に、元気が出たのだ。

お竹は再びお園に抱きつき、「お互い上手くやろうね」と、囁いた。

お園はお竹に、間夫の為の料理も教えた。

「掛詞《かけことば》ではないけれど……『貴男《あなた》の傍に居たい』という意味で、蕎麦《そば》がいいのではないかしら。蕎麦の料理はあまり難しくないし、さっぱりしているから若い人にも人気があるし。如何かしら」

「いいかもしれない！　あの人、蕎麦とか饂飩《うどん》、好きなのよ、そういえば。作ってあげたら、大喜びよ、きっと」

お園は微笑み、作り始める。まず汁《つゆ》は、鰹節と昆布から取った出汁に、醤油と味醂を併せて作る。具に使う油揚げは、その汁で煮て、味を染み込ませておく。

茹《ゆ》でた蕎麦に出汁を掛け、紅白の蒲鉾を一枚ずつ載せる。その蒲鉾に覆い被さるように、上に油揚げを載せ、葱の微塵切りを散らす。

それを味見し、お竹は声を弾ませた。

「うん、美味しい！　お汁の味もいいし、蕎麦もこしがあって、喉越しがいいわ。一本一本が弾力があって、みずみずしいのよ、とっても。茹で方が上手いのね。……油揚げも、味が染みてるわ。これを作ってあげたら、喜ぶわよ、あの人」

「よかったです、気に入ってもらえて」

お竹は蒲鉾を箸で摘み、じっと見つめた。

「この紅白の蒲鉾は、男と女という意味かしら？　出されたほうは、油揚げで隠れてしまっているから、初めは蒲鉾に気づかないわよね」

「そうです。隠れていたものが、食べるにつれて現れると、得した気分になりませんか？」

「なるわね、確かに。あら、嬉しい！　って」

「男と女の関係も、隠し事、秘め事だからこそ、良い、美味しいってこともありますよね」

お竹は食べる手を止め、お園を見つめた。

「間夫の方には、このお蕎麦で、秘め事の良さを伝えてあげるのは如何かしら。そして、その秘密の蒲鉾を隠しているのは、艶やかな油揚げ。お竹さん、気づかれないよう、上手に隠してくださいね」

「女将さん、ありがとう。素敵！」

お竹はまたもお園に抱きつき、頬擦りをしてくる。お園は、無邪気なお竹を、可愛く思った。

お園に習って、お竹も蕎麦を実際に作り、それを持って小上がりへと戻った。女同士で分け合って食べていると、恭史郎がむくっと起き上がり、頭を掻きながら、突然こんなことを口にした。

「しかし、いいものだな、町人というのは。なんでも自由に出来る。侍は誇り高いからな。町人とは訳が違うのだ」

するとお竹は恭史郎をじろりと見て、言い放った。

「ふん、私、侍なんて好かないわ」

恭史郎は思わず憮然《ぶぜん》とする。酒もたっぷり呑み、お腹も膨れ、料理も教えてもらって気持ちが緩んだのだろう、お竹は生来の〝いい加減さ〟を発揮して、ぽんぽんと口に出した。

「自由も無くて、金子にもならない傘張りの仕事して、挙句《あげく》、良い話が書けないって、呑んだくれてんでしょう？　ねえねえ、そんな暮らし、自分でも阿呆らしいと思わない？　町人でも、もっと稼いで楽しくやってる人たち、一杯いるわよお」

「な、なんだと！　それは言い過ぎではないか！」

恭史郎はかっとし、お竹に食って掛かろうとした。騒がしくなり、竹仙も目を覚ます。だが、いい加減なお竹は突然立ち上がり、へらへらと笑いながら言い放った。

「なんだか眠くなってきちゃった。あの人が来るかもしれないし、帰るわ。じゃあねえ」

お竹は少しふらつく足取りで小上がりを下り、帰ってしまった。

「なんだ、あの女は。最後に失敬なことを言いおって！」

恭史郎はおかんむりだが、竹仙は何が起きたのか分からぬようで、「なんだか化かされたみたいですねえ」と、大きな欠伸《あくび》をした。

三

五日ほど経ち、お園が昼餉の仕込みをしていると、お竹が訪れた。

「色々教えてくれてありがとう」と、お園に御礼を持ってきたのだ。

「教えてもらったように作ってみたけれど、やっぱり私って料理が下手で。それで、こんなものしか作れないんだけれど、受け取ってもらえたら嬉しいな」

お竹はそう言って、紅白のゆで卵を、お園へ渡した。食紅で、ちゃんと色をつけてある。

「まあ、綺麗。お竹さん、こちらこそありがとうございます。美味しそう、とっても」

お竹はお園に、にっこり微笑んだ。

「ころころ転がっていきなよ、好いた人のところへ」

お園は不意に胸に詰まり、黙ってしまう。お竹は「また必ず来るね」と、帰っていった。

その夜、お園は、〝いい加減だけれど、美味しい料理〟を作った。

豆腐・鮭《さけ》・葱を、鰹出汁で煮て、お酢と醬油を併せたものを振り掛ける。

「ほう、なんだか適当な料理だな。いい加減でも美味しいものってのはあるんだな。実に旨いぜ、これ」

八兵衛は、からからと笑った。

「手抜きの料理でも、美味しかったりするのよね。考え過ぎず、ぱっぱっとやっても、いいいんだもの」

お波の言葉に、お園は頷いた。

「私も、疲れていたり面倒だったりすると、一人で食べる時は大いに手抜きします。そんな時、よく作るのが、これです。お出ししましたものは、お豆腐を骰《さい》の目に切ってますが、自分で食べる時などは、手で崩します。鮭も葱もぶつ切り。酷いものです。でも、味は美味しいので、お出ししました」

「あら、女将さんでも、面倒な時なんてあるのね」

「もちろんです。何もかもが面倒で、寝そべっていたい、という時もありますもの」

八兵衛が微笑んだ。

「いいんだぜ、女将。もっと、いい加減になってもよ。女将はちょいと真面目過ぎるものな」

「そうよ。女将さん、近頃少し元気がないから、実は心配してたの。疲れてる時には無理に仕事しないで、寝そべっていたっていいのよ」

「そうだ。それでも、どうしても店を開きたいなら、また俺たちに任せておくんな。なに、一日や二日なら、前みてえに他の店に客を取られるようなことにはなんねえだろうよ」

八兵衛は、からからと笑う。お園は、二人の言葉に癒されると同時に、――私が元気が無いことに、やはり気づいていたのね。それでも黙っていてくれたんだ
――と、複雑な思いも込み上げた。

「ありがとうございます。お二人のお心遣いには、いつも本当に感謝しているの。そうね……いい加減って、おめでたいことでもあるようだし。お松《まつ》さんでしょ、お梅さんでしょ、そしてお竹さん。松竹梅と出揃って、皆様、いい加減なところがあって奔放でもあるけれど、それぞれ楽しくやってらっしゃるものね」

お松とは、両国で水芸をしている芸者で、これまた気風《きっぷ》の良い女人なのだ。

八兵衛は大口を開けて笑った。

「本当にそうだな！　お松、お竹、お梅、奇《く》しくもどうやら三人とも〝いい加減で奔放〟な女じゃねえか。いや、これはめでてえぜ。……ほら、女将も一杯」

「まあ、ありがとうございます」

八兵衛に酒を注がれ、お園は呑み干す。温かな酒が喉を通り、心ノ臓の辺りがかっと熱くなる。

お園だって本当は、もっといい加減になって、吉之進に擦り寄りたいのだ。しかし、文香に放たれた言葉が蘇り、どうしても考えてしまうのだった。


八兵衛たちが帰ると、恭史郎がふらりと現れた。

「今宵もまた呑みにきてしまった！　この店は本当に居心地が良い」

大声でそう言い、小上がりにどっかと座る。

「なんだか御機嫌ですね。お仕事、捗《はかど》っていらっしゃるのですか」

お園に微笑まれ、恭史郎は頭を掻いた。

「いやいや、機嫌が良いのは女将の顔を見たからだ。仕事は……まあ、ぼちぼちだ。案というのは、ふと浮かぶものであるからな。なかなか難しいのだ」

恭史郎は苦い笑みを浮かべ、腕を組む。お園は「少しお待ちください」と、板場へと入っていった。板場から旨そうな匂いが漂い始め、恭史郎は首を伸ばし、喉を鳴らす。お園はすぐに運んできた。

「どうぞ。良い〝案〟が浮かびますように、鯖の韮《にら》〝餡《あん》〟掛けです」

「おおっ、これは旨そうだ！　見るだけで唾が出てくるわ！」

お園は微笑みながら、酒も出した。

「このお料理には、すっきり辛口の〈正宗《まさむね》〉が合うのではないかしら」

「灘《なだ》の下り酒か！　いや、素晴らしいではないか。早速いただこう」

恭史郎は鯖の韮餡掛けに箸を伸ばし、大きな口に頬張って、唸り声を上げた。

「うむ、旨いっ！　なんという旨さだ。鯖と韮というのは、実によく合うな。生姜がまたピリリと利いて、堪らん！　……これは、何だ？　椎茸《しいたけ》も入っているのか」

「はい、入っております」

「うむ、椎茸の旨みも滲んでいて、最高だ！　料理が旨いから、酒もいっそう旨く感じるぞ。〈正宗〉、確かに合っている。いやあ、〈福寿〉は、舌に福を与えてくれる。良い店だ」

「ありがとうございます」

褒められ、お園は素直に喜ぶ。

恭史郎が絶賛した〝鯖の韮餡掛け〟の作り方は、こうだ。

鯖を一口大に切って、こんがりと焼く。

微塵《みじん》切りにした生姜を胡麻油《ごまあぶら》で炒《いた》め、薄切りにした椎茸を加えてさらに炒め、水・味醂《みりん》・醬油と適度な長さに切った韮を加えて、ひと煮立ちさせる。

そこに水で溶いた片栗粉を廻し入れ、とろみをつける。

その餡を鯖の上に掛けて、出来上がり。

恭史郎は鯖をぱくぱく頰張り、酒をぐいぐい吞みながら、お園に熱い眼差しを送り始めた。

「鯖と韮など、精力がついてしまって、仕方がないではないか！　なんだ女将、我輩に精力をつけさせてどうしようというのだ」

にやりと笑う恭史郎に、お園もやんわりと笑みを返した。

「いえ……どうしようというのではなく、良い戯作を書いていただきたい、その一心です」

「かわすのも上手だな。さすがは一城の主よ。しかし、だ」

恭史郎はお園を見据えた。

「女将も精力をつけて、もう少し奔放になるべきとも思うぞ。なんというか、真面目過ぎるのではないかな」

「奔放といいますと……お竹さんのように、ですか？」

「いや、あれは奔放過ぎるな。やはり女人というのは、ある程度は控え目なほうがよい」

「あら、そんなこと仰って。お竹さんに御興味があるようでしたけれど」

お園に優しく睨まれ、恭史郎は咳払いをした。

「い、いや、そんなことはない！　あれは、その場の乗りだ！　それより女将はどうなんだ？　好いてる男はいないのか？」

恭史郎に問われ、お園の頭に吉之進の顔が浮かんだが、首をそっと横に振った。

「いえ、おりません。私も色々なことがありまして、今は誰かを本気で好くような気分ではないので」

「ふむ、そうなのか。では、吉之進殿とは本当に何もないというのだな」

恭史郎の口から吉之進の名前が出て、お園の心は少し揺れる。しかしお園は顔色を変えず、答えた。

「はい。大切なお客様のお一人です」

恭史郎はにんまりと、お園を見つめる。升《ます》に並々注がれた酒を呑み干し、恭史郎は言った。

「まあ、よい。女将が吉之進殿を今はどう思っていようが、いつでも我輩に寝返ってくれて構わぬ。我輩は女将を好いておるからな！」

「そんなことを仰って……。もう酔ってしまわれたのですか」

「このぐらいで酔う訳はない！　そんなに照れるな、女将。我輩、そのうちに売れっ子の戯作者になってみせるからな。吉之進など、あんな奴、目ではないわ！」

「まあ」

吉之進を呼び捨てにし、がははと笑う恭史郎に、お園は呆れる。

すると戸が開き、当の吉之進が現れた。

「おおっ、これは御本人登場であるな！」

にやける恭史郎に、吉之進は「なんだ」と、顔を少々顰《しか》めつつ小上がりに座る。

「女将をくどいていたのだよ」

「なんだと？」

朴訥《ぼくとつ》な吉之進をからかうのが、恭史郎は愉《たの》しいようだ。

「そんな険しい顔をするな」

「元々こんな顔だ、放っておけ」

「まあまあ、お二人とも。仲良くお呑みになってくださいな。吉さんにも〈正宗〉、お持ちしますね」

板場へと行こうとするお園に、恭史郎が声を掛けた。

「我輩も、もう一杯頼む！　どうだ、吉之進殿。今宵はどちらかが潰れるまで、呑み比べしようではないか」

吉之進は恭史郎をじろりと睨み、押し殺した声で答えた。

「別に構わん」

「そうこなくてはな！　女将、そういう訳なので、よろしく。あ、料理はもちろん、さっきの鯖の韮餡掛けで。あれがあれば、いくらでも呑めるわ」

「ほう、それは是非食ってみたい。しかし旨いからといって食い過ぎても、酒が呑めなくなるから要注意だ」

お園は息をつき、頷いた。

「かしこまりました。でも、無理はなさらないでください。お二人ともお酒は辛口がよろしいですよね？」

「無論だ」

二人同時に頷く。

お園は少々呆れつつも微笑み、板場へと入っていった。

四

如月は、別の名で、梅見月《うめみづき》ともいう。お園の部屋の窓からも、盛《さか》りの梅が、よく眺められる。紅梅、白梅、どちらも美しく、冷たい風に乗って香りが漂ってくる。梅の香りを吸い込むと、お園は優しい気持ちになる。メジロの啼《な》き声に、お園はそっと耳を傾けた。

そんなある日、お竹が酷く酔って〈福寿〉を訪れた。足元もおぼつかず、竹仙に支えてもらっている。

「大丈夫ですか？」

お園が駆け寄るも、お竹は「平気よぉ！」と胸元と裾を乱しつつ、小上がりにどっかと座った。酷い酔い方に、先客の恭史郎も驚く。

「お竹殿、いったい何事であるか？」

「それがさあ、聞いてよぉ！」

なんとお竹は、好き勝手な振る舞いが祟《たた》ったのか、大旦那にも間夫にも捨てられてしまったという。

「二兎《にと》追う者……ってのは、真のようですね。女将、すみません、お冷《ひ》や、いただけますか」

「あ、はい。ちょっとお待ちください」

お園は慌てて板場にいき、甕《かめ》の水を汲《く》む。それを持って戻ると、お竹は恭史郎の酒を奪って呑んでいた。

「自棄酒《やけざけ》よぉ！」

べろんべろんに酔うお竹を、竹仙も恭史郎も、もちろんお園も励ます。

「まあまあ、お竹さんなら、また素敵な人が現れますよ」

しかし、さすがのお竹も堪えているらしく、どんな言葉も、慰《なぐさ》めにはならないようだ。

「二人に同時に去られて、私はどうやって生きていったらいいのよぉ！」

髪を乱して暴れるお竹を、男二人が「まあ、まあ」と宥《なだ》める。

「せっかく二人に料理まで作ってあげたのにぃ！　下手くそだったからかしらあ！」

お竹はとうとう泣き出してしまった。

そんなお竹を眺めながら、お園は溜息をつき、板場へと行った。

そして料理を作り、お竹へと運んだ。

「召し上がってみてください。筍《たけのこ》を、鰹出汁でゆっくり煮たものです」

湯気の立つ筍は、みずみずしい色をしている。お竹は涙に濡れる目でそれをじっと見つめ、指で摘んで頬張った。

「美味しい……」

筍をしゃきしゃきと嚙み締めながら、お竹の目がいっそう潤む。お園はお竹に微笑んだ。

「特に味付けをしなくても、そのままで美味しいと思います。筍は元々、良い味なのですから。お竹さんも、そうです。元々魅力があるのですから、そのままでよろしいのですよ」

お竹はお園をじっと見つめ、「ありがとう」と頷き、涙をほろほろこぼしながら、筍を食べる。恭史郎も筍を味わい、腕を組んだ。

「筍というのは、皮が何枚も重なって、動物などから身を守っているらしいな。食われぬように。そして、皮が一枚ずつ自然に剝がれ落ちて、すべて剝がれた時に竹になっているという。真っすぐですらっとした竹は、粋な魅力があるな。でも、その竹になるには、一皮も二皮も、それ以上も剝けなければならないという訳だ」

　お竹は筍を噛み締め、酒を啜った。

「ふん。じゃあ、私なんて、まだ皮が剝けてる途中ってことね。いいわ。いつか、すらっと粋な、本物の竹になってやるから」

「その意気だ、お竹殿」

「竹は硬くて、煮ても焼いても食えませんが、お竹さんは外見は竹で、内側は筍になってくださるでしょう。この筍のように、みずみずしくて、柔らかくて、でも歯応えもあってね」

　皆に励まされ、お竹の顔が和らいでいく。穏やかな味の筍で胃ノ腑《ふ》がほぐれるにつれ、お竹の心もほぐれていくのだろう。お園は少し安堵《あんど》しつつ、思った。

――お竹さん、可哀想《かわいそう》だったわね。でも……やはり竹仙の旦那が言うように、二兎を追っても、そう上手くはいかないものなのね。よくある話かも――

そして、お園は、〈書楽〉の二作目の戯作を、ふと思い出した。

――あの戯作は確か、『大旦那が、間夫のいる妾に捨てられる』という話よね。……同じような展開にはならなかったものの、やはり似ているわ――

お園の心に、もやもやとしたものが込み上げる。〈書楽〉の戯作は、またも予言だったということであろうか。

――偶然にしても、出来過ぎているのでは――

お園は、あの戯作について何か心当たりがあるか、お竹に訊いてみたかったが、とてもそのような状態ではないので、控《ひか》えることにした。

昼餉の刻が始まる前、お園はたくさんのおむすびを包んだ風呂敷を持ち、歩いていた。寒いがよく晴れていて、川も穏やかな流れを見せている。

お園は、これから、吉之進の長屋に行く。昨夜、吉之進が〈福寿〉を訪れ、お園に頼んだのだ。

「たまには寺子たちと一緒に昼飯を食べたいので、悪いが寺子たちのぶんもおむすびを作って、届けてくれないか」、と。

朱色の半纏を纏ったお園は、白い頰が微かに色づき、元気が無いようにはまったく見えない。思案橋を渡り、大きな桜の木が目に入り、お園は立ち止まった。

——去年、連太郎さんと、この桜の木を眺めたのよね。吉さんも一緒だった。あの時は、楽しかったな——

桜はまだ蕾《つぼみ》もつけておらず、寒々としているが、来月の弥生《やよい》には再び見事な花を咲かせるだろう。

——今年は、咲いているところを一緒に見たいわ——

お園は微笑みを浮かべながら、再び歩き始めた。

長屋に着き、お園は吉之進が住む家へと向かった。寺子たちの賑やかな声が聞こえてきて、腰高障子の隙間から覗くと、寺子たちはいるものの、吉之進の姿が見えない。お園はそっと障子を開け、自習している寺子たちに訊ねた。

「あの……おむすびをお届けにきたのですが、お師匠様は？」

するとと年長の寺子が、はきはきと答えた。

「お師匠様は、さっき出ていかれました。『用があるから、待っていてくれ。すぐに戻るから』、と」

「そうですか。では、おむすび、こちらに置いておきますね」

寺子たちはお腹が空いていたのだろう、「やった、おむすびだ！」と声を上げ、待ちきれないかのように寄ってくる。そんな寺子たちが可愛くて、お園は風呂敷を広げ、皆に配った。

「お師匠様、約束していたのに勝手に出て行ってしまったのだから、先に食べてもいいわよ」、などと言いながら。

「ありがとうございます」

「お園さんですよね。お師匠様から聞いています」

「仲良しだって」

寺子たちは八人いるが、皆、素直で、目が輝いている。お園は微笑みを浮かべ、一人一人の頭を慈《いつく》しむように撫でた。

寺子たちに懐《なつ》かれ、お園も快《こころよ》かったが、吉之進が戻ってくるのが遅いように思えて、「ちょっと見てくるわね」と、外に出た。

うろうろしていると、裏のほうから女の甲高い声が聞こえたような気がして、お園は廻ってみた。

そして、目にしてしまったのだ。

吉之進と文香が、口付けしているところを。

お園は一瞬、何が起きたのか分からず、頭の中が真っ白になった。そして、目の前が暗くなっていき、後ずさりをした。

一刻も早く立ち去らなければと、お園は物音を立てぬよう気をつけつつ、その場を離れ、夢中で駆けた。

思案橋を渡り終え、小舟町に戻ってきて、お園は息を荒らげながら、胸を押さえた。

——吉さん、文香さんと、そういう関係ということなの……。それとも、何かの間違い？——

胸が痛くて痛くて、堪らない。お園は暫く橋のたもとに佇み、川の流れを見つめていた。

その夜、〈福寿〉が閉まる間際に、吉之進が訪れた。

「いらっしゃいませ」

いつもは吉之進の顔を見ると、表情を明るくさせるお園が、今夜は違う。顔を伏せ、吉之進と目を合わせることも避けているようだ。

「もう閉まる頃だものな。迷惑だったか」

「いいえ……お出しします」

お園は小声で答え、板場へと消える。吉之進は小上がりに座って、板場に居るお園を、ずっと眺めていた。

酒と料理を運んできたお園に、吉之進は礼を言った。

「おむすびを持ってきてくれて、ありがとう。手数を掛けて、すまなかった。でも、おかげで、寺子たちは大喜びだった。皆、旨いと言っていた」

「それはよろしかったです」

普通の態度でいようと思っても、お園はつい余所余所《よそよそ》しくなってしまう。

吉之進は、「女将もどうだ、一杯」と燗《かん》を傾けたが、お園は「今日は遠慮しておきます」と断った。

吉之進は溜息をつき、酒を啜る。お園が板場へと戻ろうとしたところ、声を掛けた。

「これは珍しいな、烏賊に鶏肉を詰めているのか」

お園は振り返り、答えた。

「はい。鶏肉を細かく潰して、葱と混ぜて味付けし、それを烏賊に詰めて、煮てみました。なかなか評判が良くて」

　吉之進は頰張り、唸った。

「うむ、旨い！　烏賊に鶏肉を詰めるなど、合うのかと思ったが、これほど相性が良いとは。烏賊は柔らかく、鶏肉はふんわりと、味もよく染み込んでいて、絶品だ」

　よく嚙み締めて味わう吉之進を見て、お園の顔がようやくほころぶ。だが、どこかぎこちなかった。

「不思議だな。烏賊と鶏。まったく別のようなものなのに、併さるといっそう旨い」

「……本当ですね。海と陸、別の世界に住んでいるのに」

　お園は思わず口走って、はっとした。吉之進も食べる手を止め、お園を見る。吉之進は再び、「旨いな、まことに。別のものなのに、併さると旨い」と大きな声で繰り返しながら、烏賊の鶏肉詰めを豪快に食べた。

　綺麗に平らげ、酒をぐっと呑み、吉之進は佇《たたず》んだままのお園に、言った。

「女将、何か誤解をしているのではないか」

　お園は身を竦め、細い肩を震わせながら、弱々しい声で、でもはっきり言った。

「よく分かったんです、私。吉さんとは、元々、住む世界が違っていたって。……いいえ、初めから分かってはいました。でも、吉さんの優しさに甘えてしまって、そのことを深く考えないようにしていただけなんです。……だから」

お園は潤んだ目で、吉之進を見つめた。

「だから、もうここには、あまりいらっしゃらないほうがよろしいと思います。吉さんの為にも」

吉之進は、何も言えずにいる。吉之進の顔はとても寂しげで、お園は胸が締め付けられるようだったが、思いを堪えて、言った。

「……お店、もう閉めなくては」

吉之進は黙ったまま、帰っていった。

三品目　石楠花《しやくなげ》の寿司

一

吉之進と口付けをした日、その後文香はつまらなそうに、小網町から小舟町に向かって歩いていた。折角吉之進に会いにいったのに、中に入れてもらえず、追い帰されたのだ。

お園が目撃した、吉之進と文香の口付け。あれは、ただの、文香の不意打ちだったのだ。吉之進に抱きつき、首に腕を回して強引に。

お園が走り去った後、吉之進は文香に向かって怒った。

「はしたない真似《まね》をするでない！　なんだ、いったい。恭史郎のことで急な話があるからと、寺子たちを置いて出たものを」、と。

腕で唇を擦り、嫌な顔をする吉之進に、文香はふふんと笑った。

「あら、別にいいではありませんか。吉之進様とあたくしは、いつかこうなる運命《さだめ》だったのですから」、と。

文香は……お園の影に気づいていたのだろう。お園の気配を感じ、物陰から顔が見えたところで、吉之進に抱きついたのかもしれない。

——これでお園さんに、大きな痛手を与えることが出来たわ。ふん、あの女、吉之進様だけでなくお兄様まで誑《たぶら》かして。調子に乗っているんだから、いい気味よ——

文香は、そんなことを思い、ほくそ笑んだろう。吉之進は忌々《いまいま》しそうに言った。

「悪いが俺は、文香とそのような運命を辿《たど》る気などない。文香には良い縁談もあるだろう。目を覚ますがよい、今日は帰れ」

「あら、ずいぶん冷たいお言葉ですこと。……はっきり仰ればよろしいではないですか。『俺には女将がいるから』、と」

文香に見つめられ、吉之進は言葉に詰まる。文香の大きな目には、炎が灯っているように見えた。吉之進が黙っているので、文香は続けた。

「ふふ……。でも、吉之進様がいくら想っても、お園さん、もしかしたらもう吉之進様のこと、諦めてしまうかも。まあ、お気をつけあそばせ。では今日はこれぐらいで、ごきげんよう」

文香は笑みを残し、鼻唄を唄いつつ、去っていった。

吉之進は溜息をつき、慌てて戻る。すると寺子たちは既におむすびを頰張っていて、吉之進は目を丸くした。

「女将はどこだ？　もう帰ったのか？」

「お師匠様が戻ってこないので、『ちょっと見てくる』と、出ていかれて、そのままです」

「お園さん、優しいですね。私たちがお腹を空かせていたから、おむすび、先に食べさせてくれました」

「あ、もしかして、お師匠様に黙っておむすびくれたから、お師匠様に怒られると思って帰っちゃったのかな？」

寺子たちが心配そうな顔になる。吉之進も急に不安になった。

――まさか、女将に見られたのでは――

吉之進はお園のところにすぐにでも行きたかったが、寺子たちを放り出す訳にはいかず、気持ちを抑えた。

「大丈夫だ。俺はそんなことで怒らんし、女将もそんなことで怒られるなんて思っていないだろう。店があって忙しいし、何か用事があって帰ってしまったのだろう。心配はいらぬ」

吉之進はそう言って寺子たちに微笑むも、お園が気掛かりで仕方がなかった。

――なによ、吉之進様って本当に無粋《ぶすい》なんだから。お園さんに、まだ未練があるというのかしら――

文香はヤキモキしつつ、小舟町を歩いていて〈山源〉を見つけた。店構えも立派であるし、看板には〝京の名店〟、〝鱧《はも》などの旬の魚料理〟と書かれてある。

――そうよ。兄上には、京料理のような、上品な味のほうが合うわよ、きっと。本能寺の変も京なんだから。このお店が美味しかったら、兄上に教えてあげなくちゃ。〈福寿〉なんかから、連れ戻す為にも――

文香はそう考え、〈山源〉に入ってみることにした。

「へい、らっしゃい！」

威勢の良い声が飛ぶ。文香は案内され、小上がりへと腰を下ろした。

――ふうん。〈福寿〉とは違って、やはりそれなりのお店じゃない――

文香は店の中を眺め回し、宇治茶を啜る。品書きにあった〝ぐじのかぶら蒸し〟というのが気になり、注文を取りにきた板前に訊ねた。

「ぐじ、って何のことかしら？」

る。


「赤甘鯛《あまだい》のことです」

「ふうん、鯛なのね。では、それをいただくわ」

板前は「おおきに、かしこまりました」と下がり、文香は店の中を再び眺めた。そろそろ弥生であるが、まだ寒い日も多く、文香は湯呑みを摑んで手を温める。

料理が運ばれてきて、文香は目を見張った。赤甘鯛の上に、擂り下ろした蕪が振り掛かり、それにまた餡が掛けられ、麗しい。他に海老や百合根《ゆりね》、椎茸《しいたけ》も添えられていた。

——京らしく、なかなか上品だわ。お味はどうかしら——

箸を伸ばして、味わう。

——あら、美味しい。これは、擂り下ろした蕪を掛けてから、蒸して作るのかしら。蕪には何か併さっているの？　ふわふわだわ——

擂り下ろした蕪には、卵の白身を混ぜ、泡立てている。

——薄い味付けだけれど、それが、赤甘鯛や蕪の本来の美味しさを、際立たせているわ——

文香は食べ終わると、板前に声を掛け、言った。

「この料理を作った方を、呼んでくださるかしら？」

「あ、はい。かしこまりました」

板前はすぐに板場へと行き、板長の寛治を連れてきた。

「私が作りました者ですが」

文香は咳《せき》払いをし、顎を少し上げた。

「なかなかのものでした。さすがは京で名店と言われるだけあると思います」

「それは、おおきに」

寛治は——なんだか生意気な女やな——と思ったが、怒るのも莫迦らしいので、適当に返事をした。

「そこで、貴方《あなた》を見込んでの御相談なのですが、兄がお料理に関することで困っておりまして、良さそうなお店を探しておりますの」

「ほう、そうなんですか」

「でも、なかなか良いところなどございませんわね。まあ、こちらは今のところ、合格ですけれど。この前、連れられて行ったところなど、小さくて古ぼけていて、まあ貧相なお店で！　その点、京料理が主のこちらは、お店の構えも立派で、よいですわね。京は、お味も上品ですし」

文香は、ふふふと笑う。寛治は言い返した。

「いやあ、そないなことはありません。江戸は江戸で、良い店が沢山ありますわ。粋な江戸の味を、楽しめますような」

「あら……。例えば、どちらかしら?」

「ちょっと行ったところ、一丁目に〈福寿〉って店がありますが、そこはよろしいですよ。あそこの女将が心を籠めて作る料理、一度味わってみては如何でしょう?」

〈福寿〉の女将のことをここでも耳にし、文香は思わず頭に血が上る。文香は寛治をきっと睨んだ。

「なんですって? 貴方も、あんな人の味方と仰るのっ?」

寛治はそれで思い当たった。

——この女が、件《くだん》の、吉さんの親戚ってことか。なるほど、気位が高そうな女や——

ぶつぶつ言いながらお茶を啜る文香を眺め、寛治は苦笑した。

弥生になり、〈読楽堂〉の瓦版に、〈書楽〉の三作目の戯作が発表された。それは、このような内容であった。

《大旦那の知り合いの年端もいかぬ娘が、攫《さら》われる。大旦那が身代金を貸してやり、何とか娘は返ってくる》

二作目の戯作は、一作目ほどの衝撃はなかったものの、それでも大いに売り上げた。一作目の時ほどには広まらなかったが、「どこかの妾が大旦那に捨てられ、似たようなことが起きたらしい」という噂も流れた。

「〈書楽〉が書くことは、いずれにせよ似通ったことが起こる」、というのは半《なか》ば定説となり、それゆえに三作目の発表は物議をかもした。

どこかの誰か、それも幼い娘が攫われるかもしれないからだ。江戸に住む者たちは、皆、不安に駆られていた。

吉之進は〈福寿〉に姿を見せなくなっていた。最後に訪れてから、十日以上が経つ。

お園は、――これでいいの。吉さんは、やはり武士なのだから――と、自分に言い聞かせながら、一人黙々と仕込みに精を出すのだった。

二

　そんな中、恭史郎は、例の戯作を書き進めているのかいないのか分からない素振りで、相変わらずふらりと〈福寿〉にやってきていた。

　今日も昼餉を食べ終えると、「女将、一杯だけ頼む」と酒をねだり、それを啜りながら、休み刻になるまで粘っていた。

　そろそろ一旦店を閉めるという時、お客が入ってきた。

「いらっしゃいませ」

　板場から出ていき、お園は目を丸くし、一瞬、言葉を失った。

「女将さん、お久しぶりです」

　里江《さとえ》が立っていたのだ。あの頃より、ふっくらと健《すこ》やかで、明るさに満ちている。里江は、前にも増して、美しくなっていた。

「里江ちゃん？　本当に里江ちゃんなの？　ああ、嬉しい！　会いたかったわ」

「私もです」

　二人はどちらからともなく駆け寄り、抱擁《ほうよう》し合った。二人の喜びように、恭史郎も目を見張る。

――ほう。どのような関係かは知らぬが、女将とこの娘の深い絆《きずな》は察せられる――

恭史郎はそんなことを考えつつ、ちびちびと酒を舐めていた。

「お兄さん、元気？　仲良くやってる？」

「はい、とても元気です！　変わらず一座で巡業していて、今、上総《かずさ》に留まっているのですが、兄は江戸には入れませんので、私一人で来ました。どうしても女将さんにお会いしたくて！　兄も、よろしくとのことです。兄、残念がってましたよ。『江戸に入れないのは別にどうってことはないが、女将さんに会えないのは悲しい』、って」

「まあ、それは私も同じ気持ちだわ。お兄さんに、私からもよろしく伝えてね」

「はい、伝えます。……女将さんには、本当にお世話になりましたから。兄も、私も」

二人は見つめ合い、抱き締め合う。それ以上言葉を交わさなくても、互いの思いは分かった。

里江も色々なことに苦しみ、問題を抱えた娘であったが、お園に出会い、お園が作る料理に励まされ、立ち直っていった。そしてお園もまた、里江に出会ったことによって、大きな傷から立ち直り、料理人として一から頑張ろうと奮い立つことが出来たのだ。

——この娘《こ》と出会ったことがきっかけで、私は少しずつ変わっていけたのね——

お園は胸を熱くしながら、里江を抱き締める手に、力を籠めた。

一年半ぶりの再会に昂《たかぶ》ったが、少し落ち着いてくると、お園は里江を小上がりに座らせた。

「どうも、初めまして」と頭を下げる恭史郎に、お園は里江を紹介した。

「こちらは、里江さん。訳があって、うちに居候していたこともあるのよ。今はお兄さんがいる旅役者の一座のお世話をしながら、全国を廻っているの」

「初めまして。よろしくお願いいたします」

にこやかに挨拶する里江を見ながら、お園は思った。

——里江ちゃん、やはり変わったわ。前はあれほど人見知りしていたのに、物《もの》怖《お》じしなくなったのね——

次に恭史郎を紹介しようとして、恭史郎が自ら名乗った。

「我輩は、綾川恭史郎と申す。武家の次男坊で、傘張りをしながら、戯作なども書いておる。今はまだまだであるが、そのうち陽の目を見ると信じてな！」

「まあ、戯作を……素敵ですね」

戯作と聞いて、里江が想い人だった男を思い出すのではないかと、お園は心配になる。しかし里江は何の変わりもなく、動じてもいないようで、お園は胸を撫で下ろした。

――里江ちゃん、まことに立ち直ったんだわ。もう心配はいらないわね。お兄さんの傍に居られたことが、里江ちゃんにとって、本当に良かったんだ――

お園は、あの時、里江の身を預かってくれた兄の菊水丸《きくすいまる》に、改めて深く感謝した。

里江と恭史郎は笑顔で話をする。

「芝居の台本ってのも面白そうだな。誰のを演《や》っているのだ？　西鶴《さいかく》とか南北《なんぼく》か？」

「ええ、そのように著名な物語も演りますが、皆で案を出し合って、台本も自分たちで作ったりもするんです。それが楽しくて」

「ほう、それは楽しいだろう！　仲間でな」

「はい。夜が更《ふ》けても、ああでもない、こうでもない、って。いつの間にか酒盛りになってしまったりして」

「はは、それでは里江殿も鍛《きた》えられよう」

お園は安心し、里江の為に何か作ろうと板場へ行こうとすると、里江に声を掛けられ、手土産《てみやげ》を渡された。

「これ、上総の海苔《のり》です。とても美味しいので、是非、召し上がってください。ささやかな物ですが、兄と私からです」

「まあ、ありがとう！　上総はこの頃、海苔作りが盛んですものね。嬉しいわ。ちょっと待っててね、お返しに、何か作ってくるから」

お園は海苔の包みを大事に抱え、板場へと向かう。その時、不意に目眩《めまい》に襲われ、立ち止まり、こめかみを押さえた。

お園の様子に気づき、里江が立ち上がった。

「女将さん？　大丈夫ですか？」

「……うん、平気よ。このところ、寝不足だったの。それとも、里江ちゃんに会えて、嬉しくて、昂り過ぎたのかな。ただの立ち眩《くら》み。心配しないでね」

お園は笑顔を作り、板場へと入った。

水を飲み、大きく息を吸って吐くと、すぐに落ち着いた。

――里江ちゃんの為に、美味しいものを作らなくちゃ――

お園は料理を始める。そんなお園を、里江は小上がりから、ずっと見つめていた。

料理を待つ間、恭史郎がぽつりと言った。

「女将も疲れているんだろうなあ。何から何まで一人でやって。手伝ってあげたいぐらいだ」

「恭史郎さんは、いつ頃から〈福寿〉に通ってらっしゃるんですか？」

「つい最近、今年になってからだ。吉之進という親戚の男に、連れられてきた」

「まあ、吉さんの御親戚でいらっしゃるのですね！」

「吉之進のことを知っているのか？」

「はい、存じ上げております。その節は、吉さんにも、たいへんお世話になりました。吉さん、お元気でいらっしゃいますか」

「まあ、元気であることはあるが、最近、やけにしんみりしておるな」

「しんみり？」

「うむ。この店に誘っても、決して来ようとしないのだ。俺を連れてきたのは、あいつだというのに」

　恭史郎は苦笑する。

「それは、どうしてなのでしょう。吉さん、女将さんと仲がよろしいのに……」

「俺が思うには、だ」

　恭史郎は酒を啜り、声を潜めた。

「吉之進殿は、女将に振られたのではないかと」

「まあ……」

　里江が目を見開く。

「だから、あれほどしょげているのではないだろうか。もしくは何か喧嘩をしたとか、あるいは吉之進殿のほうから女将に別れを切り出したとか」

「そんな……。どうして吉さんが女将さんをそのような目に？」

　里江も声を潜める。恭史郎は腕を組み、大きく息をついた。

「我輩もそうであるが、吉之進殿も武士だ。今は浪人になっているといっても、武家に生まれたということは、生涯ついて廻る。面倒ではあるが、手続きを踏めば、町人と夫婦《めおと》になれなくもないが、生まれ育った違いというのは大きい。町人上がりが、果たして温かく武家に迎えられるか、もし迎えられても、そこから周りの者たちと上手くやっていけるか、問題は多いのだ。それゆえ、吉之進殿も、考えてしまったのではなかろうか」

里江は黙って話を聞き、くすくすと笑い出した。

「何が可笑《おか》しいのだ？」

「だって……何だか的外《まとはず》れなような気がして。吉さんは、そんなことで女将さんを避けたりするような人ではないと、私は思います。もし、そのようなことを気に掛けているとしたら、女将さんのほうでしょう。身分違いというものを、女将さんなら、悩んでしまうかもしれません。心が細かい方ですから」

恭史郎は黙ってしまう。里江は続けた。

「私も実は、大したことはない家柄ですが、武家の出なんです。訳あって、兄と共に身分を捨て、家を出ましたが。そして、申し上げましたように、今は兄ともども旅一座におります。……そのような私ですから、家を出たという吉さんの気持ちが分かるのです。吉さんの女将さんへの想いも」

恭史郎は思った。

――ほう。武家に生まれ育ったというのに、あっさりと身分を捨てる者もいるのだな。それで全国を廻って暮らしているというのだから、この娘、おとなしそうな顔をしているが、案外、芯は強いのかもしれん――

「そうなのか。武家の身分を捨てても、後悔していないようだな。明るい顔をしているものな」

「ええ、まったく悔やんでなどおりません。私はとにかく今の暮らしが楽しくて、生まれ変わったつもりで生きております」

里江の澄んだ目の輝きが、恭史郎は眩しい。

「なるほどな。今、十八ぐらいか？」

「はい。今年、十九になりました」

恭史郎は溜息をついた。

「我輩の妹とそれほど変わらぬのか。それにしては、大人びておるな。人を見る目も、考え方も。……そういえば妹は吉之進殿に執心《しゅうしん》しているから、もしやあいつが何か余計なことを言ったのだろうか。あいつなら、何かやりかねない」

「え、妹さん？　詳しく聞かせていただけませんか」

するとお園が「お待たせ」と、板場を出てきた。

「里江ちゃんとの再会を祝って」

お園が出したのは、〝卵とじ蕎麦〟だった。

「まあ、可愛い」

里江は相好を崩した。卵でふんわりと綴《と》じた蕎麦の上に、白と紅の蒲鉾で作った花飾りが載っている。三つ葉も散らされ、見目麗しい。

「細く長く、お蕎麦のような御縁で繋がっていられたことを祝って、作りました」

「その御縁を、卵で優しく綴じて、包んでくださったのですね。これでもう、女将さんとの御縁は、途切れないわ」

里江の笑顔が、お園の心を癒してくれる。里江は「いただきます」と、蕎麦を啜った。

嚙み締め、呑み込み、満面の笑みになる。

「美味しい！　女将さんのお料理、久しぶりにいただきましたが、やっぱり心の底から、美味しいです」

「里江ちゃんにそう言ってもらえて、嬉しいわ、本当に」

お園の胸が熱くなる。里江は笑顔でもりもりと食べ、あっという間に汁一滴も残さず、平らげてしまった。

「ほう、里江殿、見事な食べっぷりであるな」

恭史郎も目を見張る。里江は懐紙で口の周りを拭《ふ》きつつ、言った。

「私、女将さんのお料理に出会って、食べることの喜びに目覚めたのです。今だから申し上げますが、女将さんに出会う前、心が不安定だった頃は、何を食べても味が分からなくて、食べるのが苦痛だったんです。そのうち何も食べたくなくなって、歩けばフラフラして、目眩や耳鳴りが酷くなって……。そんな時、女将さんに助けていただいたのです。女将さんが心を籠めて作ってくださったお料理の味は、分かったんです。そして今では、食べることが大好きになってしまいました。だから、だいぶ丸くなったと思います、私」

お園は里江に微笑んだ。

「ううん、そのほうが可愛い。前が細過ぎたんですもの、もっとふっくらしてもいいぐらいよ、里江ちゃん」

里江はお園を見つめ、言った。

「女将さん、板場を貸していただけますか？　今度は私が、女将さんに何か作って差し上げたいのですが」

里江の申し出に、お園は目を瞬かせた。

「え……それは嬉しいけれど、お言葉に甘えてしまって、いいのかしら」

「もちろんです！　実は作らせていただこうと思って、材料も揃えてきたんです。あ、御飯はございますか？」

「ええ、大丈夫。昼餉のが少し余っているわ」

「では、それを使わせていただきますね。あ、でも、今、休み刻なんですよね。女将さん、仕込みなどをしなければいけないから……」

「そんなことは気にしないで！　久しぶりに会えたんですもの、里江ちゃんとのお祝いで、何なら夜はお店を閉めてしまってもよいわ」

「そんなことはいけません！　では、御迷惑になりませんよう、なるべく素早く作らせていただきますね。女将さん、お座りになって、少しお待ちください」

里江はにっこり笑い、お園に姉さん被りの手拭いと襷を借りて、板場へ入っていった。

お園は小上がりから、里江の様子を眺める。恭史郎が言った。

「まるで姉妹のようであるな。仲が良い」

「そうかしら。ここに居候していた時から、とってもいい娘《こ》でね。元気になってくれて、本当に嬉しいんです」

里江に目を細めるお園を、恭史郎は見つめていた。

里江が作って運んできたのは、〝菜の花寿司〟だった。

薄く切った人参、牛蒡、椎茸が酢飯に混ぜ込まれ、その上に菜の花、錦糸卵《きんし》、鮭子《いくら》、海老が載っている。お園は目を見張った。

「まあ……。こんな素敵なお料理を、里江ちゃんが作ってくれるなんて。嬉しいわ、とっても」

「一座の皆のお世話を焼くうちに、色々覚えたんです。まだまだ女将さんのように上手には出来ませんが、お召し上がりになってみてください。もう明後日は雛《ひな》祭《まつ》りなので、このようなお寿司にしてみました」

お園は、里江が作った、花のように美しい寿司を味わった。酢の加減も丁度よく、菜の花のほろ苦さと錦糸卵のほろ甘さ、鮭子のしょっぱさと海老の甘みが蕩け合い、お園の口の中が喜びで満ちる。

噛み締める度に、お園の胸に、色々な思いが込み上げる。

「美味しい、とっても……」

そう呟きながら、お園は涙をほろりとこぼした。

里江も恭史郎も何も言えず、お園を見つめる。お園は指先でそっと涙を拭《ぬぐ》い、微笑んだ。

「ごめんなさい。……里江ちゃんのお料理があんまり美味しくて、優しくて、色々なことを思い出してしまったの」

お園は、里江の料理の穏やかな味わいに、去年の雛祭りに、皆で持ち寄って作ったばら寿司を思い出したのだ。その時には、吉之進もいた。

――もう、あのような優しい時は、戻ってこないのかしら――

そう思い、お園は涙ぐんでしまったのだ。

里江は、お園を励ますように、言った。

「女将さん、雛祭りをしませんか？　私、久しぶりに、皆様のお顔を拝見したいです」

「そうね……今年もしましょうか。昨年は、里江ちゃんはいなかったものね。今年も雛祭りを祝って、思い出を作りましょう」

お園と里江は頷き合った。


弥生三日。お園は桃の花を飾り、雪洞《ぼんぼり》を灯して、皆を迎えた。

雛祭りの日、〈福寿〉に集まったのは、お波、お梅、お民、お篠・お咲の母娘、里江。今年、参加を許されたのは、女人だけだ。

「女人だけで、のんびり気楽にやりましょう」と、お園が提案したのだ。

お波とお民は、里江に会えて、大喜びだ。

「里江ちゃん、ずいぶん明るくなったわね！」

「一段と可愛くなったねえ。幸せなんだね。よかったよ」

里江の顔を見て、お民は安心したのか、涙ぐむ。里江は二人に、深々と頭を下げた。

「その節は、たいへん御迷惑をお掛けしました。皆様のおかげで、兄と二人、一からやり直しております。兄も皆様に、心より感謝しております。本当に本当に、ありがとうございました」

「もう、いいのよ。里江ちゃんとお兄さんが幸せになってくれることが、あたしたちの願いだったんだから」

そう答えながら、お波も涙を浮かべている。

「女将さんを通じて、こうして知り合えたのも何かの御縁なんだからさ、日本の何処《どこ》に居たって、困った時は訪ねてくるんだよ！　皆で力になるからね」

「はい、ありがとうございます」

感極まったのか、お波、お民、里江は三人で抱き締め合う。お梅、お篠、お咲は、里江と何があったか知らないようであったが、それでも三人の絆は伝わったのだろう、目を潤ませ見守っていた。

六人は、お園に出された甘酒を啜った。里江の隣には、お咲が座っている。可愛らしいお咲に、里江は目を細めた。

「昨年も雛祭りに出たんでしょう？　女将さん、お咲ちゃんの為に雛祭りをしたって言っていたわ」

「はい、してくださいました。とっても楽しかったです。皆で材料を持ち寄って、お寿司を作って」

「まあ、楽しそうね。去年も女の人だけだったの？」

「いいえ、男の人もいました」

「そう……八兵衛さんとか？」

「はい。信州から来ていた連太郎さんや、吉のお師匠様とか」

里江はふと口を閉ざした。

――今年は女人だけなんて……。やはり、女将さん、吉さんと何か蟠《わだかま》りが出来てしまったのかもしれないわ――

そう思い、複雑な気分になったが、里江は笑みを絶やさなかった。

「そうなの。それは楽しかったでしょうね。でも今年は女の人だけで、賑やかにやりましょう。雛祭りは元々、女の人のお祭りですもの」

里江はそう言って、お咲の頭を撫でる。お咲は「はい」と愛らしい返事をし、黒目勝《が》ちな瞳を瞬かせた。

少し経って、お園が料理を運んできた。今宵は、〝女人だけの集まりに相応しい料理〟だ。

刻んだ梅干しと冬葱を混ぜた出汁巻き卵。

蕗《ふき》の薹《とう》と人参の天麩羅。

白魚《しらうお》の酢醬油和え。

里芋、人参、ほうれん草、蒟蒻、厚揚げの煮物。

そして、石楠花《しゃくなげ》の花を添えた、子持ち石楠花（蝦蛄《しゃこ》）の握《にぎ》り寿司。

この時代、蝦蛄は〝石楠花〟と呼ばれていた。淡い灰褐《はいかっしょく》色の殻を茹でた時、紫褐色に変わり、それが石楠花の花の色に似ていたから、そう名付けられたという。

もちろん、雛祭りには欠かせない、蛤《はまぐり》の吸い物も並べる。

彩り鮮やかな数々の料理は、女人の目を楽しませてくれる。皆、料理を眺め、感嘆の息をついた。

いずれも好評であったが、特に石楠花の握り寿司が、皆、堪らないようだ。丁度今の時季、子持ち石楠花が盛んである。卵がびっしり詰まった握り寿司に、皆、舌鼓《したつづみ》を打つ。

うっとりしながら、お波が言った。

「石楠花は、卵と味噌を味わうなら雌《めす》よねえ。ほんとに美味しいわ」

するとお園が、こんなことを口にした。

「でも、身を食べるなら、雄なのよね。雌の三倍ぐらい大きくなるから。葉月《はづき》頃になると、身も詰まってくるし。……だから、出すなら、やはり両方出したいわ。雄だけでも、雌だけでも、何かが足りないような気がするの。両方が揃うことで、ようやく満ち足りるんだわ」

どことなく寂しそうなお園が、里江は気掛かりで堪らない。お咲もお園を、じっと見つめていた。

三

次第に暖かくなってきて、桜も咲き始めていた。如月の別名が梅見月なら、弥生の別名は花見月である。桜の花が咲くと、見慣れた景色も違って見える。この世が薄紅色に彩られたように思えて嬉しくて、皆、花見であれほどの大騒ぎをするのであろう。

吉之進の住処の近くの桜も、花を開かせていた。しかし吉之進には、今年の桜はどうしてか色褪《いろあ》せて見えた。それどころか、桜を見ると胸が痛んで、寂しい気分になってしまうのだ。

——何故《なぜ》なのだろう——

吉之進は自問する。

——思い出してしまうからだ。昨年、連太郎と……女将と一緒に、桜の木を眺めたことを——

あの時、桜は開花していなかったが、充分に美しく見えた。それは、きっと、心が温かさで満ちていたからだろう。

失って、初めて、それがどれほど大切であったか、気づくことがある。色褪せた日々を送りながら、吉之進は、お園が自分にとってどれほど必要なのかを、思い知るようだった。

そんなある日の八つ半（午後三時）頃、吉之進の住処兼寺子屋の腰高障子を、叩く者がいた。寺子たちは皆帰ってしまって、吉之進は一人で書を読んでいるところだった。

吉之進は立ち上がり、「はい」と戸を開ける。すると、お咲が立っていて、吉之進は目を丸くした。

「お咲、一人で来たのか？」

お咲は頷き、思い詰めた顔で、吉之進に、こう言った。

「お願いです。女将さんを、お嫁さんにしてあげてください」

涙を浮かべて訴えるお咲に、吉之進は言葉を失ってしまう。

お咲はそれだけ言うと、頭を下げ、帰っていった。

その夕刻、六つ（午後六時）前頃に、お篠が慌てて〈福寿〉にやってきた。

お咲が、〈吉のお師匠様に会ってきます〉と記した置き文を残して、いなくなったのだという。お篠は息を切らして、言った。

「もしかして、お師匠さんと一緒にこちらに来ているのではないかと思ったのですが……」

お園も驚き、狼狽えてしまう。青褪《あおざ》めたお篠がふらりとして、八兵衛が「しっかりしろ」と、支えた。

先日発表された〈書楽〉の戯作が、皆の頭に浮かんだ。

「もしや誰かに攫われたのでは」

八兵衛が口にし、お園は震える。

〈福寿〉には八兵衛夫婦の他お民やお梅もいて、「まずは吉さんのところへ行こう」という話になった。

お園は躊躇うが、皆に引っ張られて、吉之進のところへ向かった。もう日が暮れる頃だ、もし吉之進のところにもいないようなら、早く探さなければ、闇が広がってしまう。お園は、お咲が心配で堪らなかった。

吉之進のところに着くと、丁度文香がいた。お園は引いてしまったが、そんなことを気に掛けている場合ではない。吉之進には、八兵衛が事情を話した。

「ええっ？　ではあの後、お咲は、一人でどこかに行ってしまったのか？」

吉之進も酷く慌て、顔色を変えた。皆に呼び掛け、酒屋の善三や、辰五郎親分、恭史郎たちも交えて、お咲を探すこととなった。

日が暮れ始めたので、提灯《ちょうちん》を手に探す。お園は気持ちを必死で落ち着かせながら、お咲の行きそうなところを、ひたすら考えた。

実は……お咲は、吉之進の家に行く前に、〈福寿〉にも来ていたのだ。

お園は、一人で現れたお咲を不思議に思ったが、お咲は淡々と言った。

「この前の雛祭り、とても楽しかったです。御礼を言いに来ました」、と。

お園はお咲を探しながら、その時の様子を、思い出していた。

あの物静かなお咲が、妙に喋《しゃべ》っていたのだ。

「今年も楽しかったけれど、去年の雛祭りもとても楽しかったです」

「また皆で、集まることが出来るかしら」、などと。

連太郎が文をくれて、それに、〈今年も、お師匠様の長屋の近くのあの桜は、見事だろうな。お咲ちゃんも見に行くといいよ〉と、書いてあったということも。

「だから今年は、必ず見に行こうと思います」

お咲は静かにそう言った。

また、驚いたのは、お咲が菓子をねだったことだ。

「淡雪羹《あわゆきかん》を作ってくださいますか」、と。

お咲がねだるなど珍《めずら》しいと思いつつ、お園は喜んで淡雪羹を作った。作り方は、こうだ。

卵白をよく泡立て、砂糖を数回に分けて入れ、角《つの》が立つまでとにかく泡立てる。

鍋に水を入れて粉寒天《こなかんてん》を加え、火に掛け、しっかり溶かす。

泡立てた卵白に、溶かした寒天をよく混ぜ合わせ、型に入れて冷やし固める。

まさに雪のように真っ白な菓子の出来上がり。

お園は淡雪羹をお咲に渡す時、こう言った。

「お咲ちゃんは、優しいから他の人のことばかり。でも、今日みたいに自分の為に我儘《わがまま》を言ってもいいのよ」、と。

淡雪羹の甘さ、白さは、他人に渡すと消えてしまうような儚さだ。その儚い甘やかさは、自分ひとりでしか楽しめないもの、密《ひそ》やかなもの、大切にしたいもの、である。

お咲はお園に丁寧に礼を言い、淡雪羹の包みを大切そうに抱えて帰っていった。

——もしかしたら——、お園は必死で探しながら思った。

——もし、万が一、誰かに連れ去られてしまったとしても、お咲ちゃんのことだから、淡雪羹を千切《ちぎ》って、道に落としているかもしれない。目印のように。白は目立つし——

淡雪羹は、真っ白な菓子だ。夜道に落ちていたとしても、灯りを照らせば、目立つだろう。

多くの人が協力してくれた。皆で分かれて探し始め、吉之進は八兵衛に「女将についていてやれ」と言われ、お園と一緒に行動することになった。恭史郎は心細げなお園を、眇《すがめ》でじっと見ていたが、吉之進の隣に立つとほっとしたような姿に、ひとつ頷いた。

二人ともお咲のことが心配で、もう、この前の気まずさなど吹き飛んでしまっていた。

文香は吉之進についていこうとしたが、恭史郎に「お前は我輩と一緒に探すのだ」と、強い力で腕を引っ張られ、逆らえなかった。

「小網町のほうを探してみよう」と言う者たちに、恭史郎は意見した。

「いや、あちらは女将たち二人に任せ、我々はもっと散らばって探したほうがいいだろう」、と。

お園と吉之進は小網町に向かって、目を皿にして探した。道を提灯で照らしつつ行きながら、お園は「あっ」と声を上げた。道に、雪と見紛《みまが》うような、何か白い欠片《かけら》が落ちていたのだ。お園はそれを拾い、確認した。

お咲は、やはり、淡雪羹を千切って、道に落としていた。

お園は、お咲が〈福寿〉に一人で訪れた時のことを、吉之進に話した。

「吉さんのお家のほうの、桜の木の近くにいるかもしれないわ。……連太郎さんと三人で眺めた、あの桜の木の」

「ああ、そうかもしれぬな。行ってみよう」

お園が察したとおり、桜までの道程《みちのり》に、淡雪羹は少しずつ落ちていた。件《くだん》の桜の木は、今年も見事に花を咲かせていた。そして、その近くで、お咲は、無事に見つかった。里江も一緒だった。どうやら、里江がお咲に入れ知恵でもして、隠れていたようだ。

お園は涙をこぼして、お咲を抱き締めた。

「よかった……無事で……本当によかった」

お園の腕の中で、お咲は小さな声で「ごめんなさい」と呟いた。吉之進が溜息をつく。

「つまりは狂言だったということか」

「だって、仲直りしてほしかったのだもの……」

お咲は、涙を浮かべて訴えた。

「あのような文を残しておけば、お母さんは必ず、女将さんにも伝えにいくと思ったんです」

里江が口を挟んだ。

「お咲ちゃんを怒らないであげてください。それを考えたのは、私ですから」

「まあ……」

旅一座の世話をしているうちに、里江もどうやら芝居っ気が身についてしまったようだ。

「私も江戸に来て、〈書楽〉の戯作の噂は耳にしていました。そこで、あの戯作に則《のっと》って自演すれば、――もしや攫われたのでは――と、女将さんも吉さんも、必死で探してくれると思ったのです。……悪いことをしたとは思いますが、でも、こうしてまたお二人が揃ったお姿を見られたのですから、この狂言は成功したと言えますね」

里江の物言いに、お園も吉之進も、言葉を失ってしまう。吉之進は暫く黙っていたが、久方ぶりに会った里江に、こう言った。

「なんだかずいぶん、気が強くなられたように思うのだが」

「それぐらいでなければ、旅一座のお世話なんて出来ないんです」

「貴女たちの気持ちは分かったわ。でも、人を心配させるような嘘は駄目でしょう！　皆、どれほど心配したか……」

唇を震わせるお園に、自分たちのしたことの愚かさを思い知らされたのだろう、里江もお咲も、「本当にごめんなさい」と、項垂《うなだ》れた。お園は声を和らげ、告げた。

「分かったらいいわ。でも、もうこんなことをしては駄目よ」

「はい」

里江とお咲は、身を竦めた。

四

お咲が無事見つかり、皆、胸を撫で下ろして、〈福寿〉へ戻った。里江も迷惑を掛けたことは反省しているようで、深々と頭を下げ、皆に謝った。

「またもお騒がせしてしまい、たいへん申し訳ございませんでした」

　里江は続けた。

「皆様に御迷惑をお掛けしてしまいましたこと、心よりお詫《わ》び申し上げます。……でも、お咲ちゃんの気持ちだけは分かってあげてください。女将さんに助けられ、強くなることが出来たと。だからお咲ちゃんも、女将さんの力になりたいと思ったのです」

　里江は、お園と吉之進を見やった。

「女将さんには吉さんが、吉さんには女将さんがいらっしゃらなければ、駄目なんです。お二人とも、分かっていらっしゃるでしょう？　心の中では」

　お園と吉之進は、顔を見合わせる。そんな二人を見て、八兵衛が笑い声を上げた。

「まあ、心配させられたが、女将と吉さんが仲直りしてくれて、こんなにいいことはねえよ！　里江ちゃん、お咲ちゃん、そんなにしょげることねえよ。いいことやったとは言えねえが、なかなか粋なことなさったよ、お前さんたち！」

「ほんとね、貴女たちがこうでもしなくちゃ、女将さんと吉さん、仲直りなんか出来なかったわよ！　だってどちらも慎《つつ》まし過ぎるんですもの」

お波が言うと、お民も同調した。

「そうだよ、里江ちゃんとお咲ちゃんがこんなことをしたのも、すべてお園ちゃんと吉さんが悪いんだよ。いつまでも焦《じ》れったいことやってっから、周りがヤキモキするんじゃないか！　あんたたちが蒔《ま》いた種なんだから、二人で反省してな！」

「まあ……姐さんまで、そんな……」

今回の件を自分たちの責任にされ、お園が目を見開く。お梅も笑っていた。

「女将さんって、他人のことには一生懸命になるのに、自分のことにはなんだか頼りないのよね。まあ、そこが、皆に好かれるところでもあるんだろうけれど。でも、本当に良かったね。里江ちゃんの名台本と、お咲ちゃんの名演技で、二人の仲が元に戻って。あたしも嬉しい。だって……女将さん、あたしなんかの為に、一生懸命になってくれたんだもん。だから、女将さんにも、幸せになってほしいんだ」

　お梅は笑顔でいながらも、声を詰まらせ、涙を滲ませた。

　文香も、そんな様子を傍から見ていた。なんだかんだと〈福寿〉にまでついてきていたのだ。そして、吉之進とお園を祝福するような空気が気に食わず、文香は腹立ち紛れについに言った。

「狂言までして武士と町人を仲良くさせようなんて、こんなお店に集まる人たちって、本当に下劣《げれつ》ね。そんなことして一緒になったって、幸せになれっこないじゃない。世界が違うんだもの。吉之進様は、武家に戻るべき人なのよ」

　すると里江が、言い返した。

「なんですか、武家がそんなに偉いのですか？　そんなことを言うならば、私も兄も、武家の出です。とはいっても、気位ばかり高かった祖父が、御家人株を買って成り上がった家でしたが。そんな家が疎《うと》ましく、兄も私も、家を出て自由の身となりました。こんな私たちを、貴女のような方は〝下劣な破落戸《ごろつき》〟と思われるでしょうが、兄も私も、家に縛られていた時より、ずっと、楽しく、生き生きと暮らしております。それは吉さんだって、同じでしょう。また連れ戻そうなんて、そんなの一方的な貴女の思いで、吉さんのことなど、まったく考えていないのでは？　本当に吉さんを大切に思うのなら、吉さんの幸せを一番に考えてあげるべきではありませんか？」

里江のはっきりした物言いに、皆、目を見張る。八兵衛などは、――あの、おどおどしてた里江ちゃんが？――と、びっくりしているようだ。

なんだかずいぶん逞《たくま》しくなったように思え、お園は里江が眩しい。

――それとも――

お園は思う。

――それとも、里江ちゃんは、私の為に、奮い立ってくれているのかしら。私に、恩を返そうとしてくれているのかしら――

里江は続けた。

「私、下手だったんです、お料理。でも、一座の皆さんは、私の作るものはなんでも『美味しい』って仰ってくださって、皆さんの笑顔を見ているうちに、下手でも楽しみながら作ればいいんだ、って気づいたんです。剝き方だとか、味の加減とか、色々考え過ぎるから、楽しくなくなってしまうんだ、って。女将さん、〝何にも縛られない、自由で楽しいお料理〟を、この方に作って差し上げてください」

　里江の鋭い眼差しに、文香も気圧《けお》されてしまっているようだ。文香が「帰るわ」と店を出ようとすると、里江が前に立ちはだかった。

「駄目です。まだ話は終わっておりません。貴女には、ちゃんと納得してもらわなくては困ります。女将さんが、どうして吉さんに、そして私たちに、多くの人たちに、好かれているかということを」

　文香は顔を強張《こわば》らせ、土間の床几に腰掛ける。里江は、文香が勝手に出て行かぬよう、見ていた。

　お園は料理を作って、持ってきた。皿は二枚あった。一枚には、熱々で湯気が立っている御飯の塊《かたまり》が、もう一枚には握《にぎ》り寿司が載っている。

　御飯の塊の料理は、文香は初めて見るようなものであった。

「御飯に色々なものを混ぜて、胡麻油で焼いてみたら、意外に美味しくて。余ったものでも何でも入れた、〝焼き飯〟です。烏賊も海老も、ほうれん草も小松菜も、卵も入っています。お醤油と味醂で味付けして、海苔を散らしてみました。召し上がってみてください」

　お園の言葉を聞きながら、里江は微笑んだ。海苔は、自分が手土産で持ってきたものと気づいたからだ。文香は〝焼き飯〟を眺め、思う。

——本当に、このようなものが美味しいのかしら？　なんだか、ぐちゃっとしてるのに——

しかし目の前の料理は、なんとも芳ばしい匂いを放っている。文香は恐る恐る、〝焼き飯〟を口にした。そして、目を見開いた。

——不思議なことに、美味しいわ、とても。味もこってりとして、こう、力強い。これが、町人の味なのかしら。なんだか、楽しくなってくるような……——

色々な具が入っているので、味が次々に変化していき、口の中の喜びも目まぐるしく変わっていく。

——これなら誰でも、食材の残りなどを使って、作れそう。私でも作ることが出来そうね。御飯さえあれば、どんな食材でも、自分の好みのものが作れてしまう。これこそ、自由で縛られない、誰もが望む料理なのかもしれないわ——

文香は〝焼き飯〟の魅力に取りつかれたように、あっという間に平らげてしまった。

文香は、違う皿に載った握り寿司に、目をやる。お園が握った寿司は、見た目も美しい。シャリは赤酢を使っており、具は海老、石楠花、焼いた赤貝、〆《しめ》た小《こ》鰭《はだ》である。

——焼き飯が自由で奔放であるとすれば、こちらは整えられているわ。あちらが庶民を思い起こさせるというのなら、こちらは、武家ということ?——

文香は寿司を手に取り、ゆっくりと味わった。

——小鰭、美味しい……。酢加減も丁度良くて、なんといっても口にするっと収まるこの形。すべてが派手過ぎず、地味過ぎず、模範のような——

お園は文香を見つめていた。お園は、文香の純粋で真っすぐな心を、実は眩しいと思っていたのだ。吉之進に無邪気に甘えることが出来るなんて、羨ましいと。

——町人には町人の良さが、武士には武士の良さがあると思うの。お互い、それぞれの良さを認め合ってもいいのではないかしら——

お園はそのような思いを籠めて、文香へ料理を作った。そして、そのお園の心はどうやら伝わったらしいと、文香の顔つきから窺えた。

「美味しいと、幸せな気分になりますよね。何にも縛られない、楽しい料理は、食べる人を幸せな気分にしてくれます。何にも縛られない、楽しい暮らしだって、幸せな気持ちを与えてくれるんですよ。もちろん、縛られる暮らしだって、悪くはありません。縛られることで幸せになる人だって、いるでしょう。女将さんはどちらの良さも分かっていらして、だからこのような二つのお料理を出してくださったのだと思います」

里江が言うと文香は項垂れた。

――このような人たちに信頼され、支えてもらっているお園さんは、やはり、何か魅力がある人なのね――

文香だって、薄々は分かっていたのだ。しかし、それを認めることが出来ず、棘のある言葉をぶつけたり、嫌がらせのような行動を取ってしまった。お園の魅力を認めれば、自分の矜持が粉々に砕けてしまう……文香は、それが怖かったのだ。

――でも、もう、認めなければいけないようね――

文香は立ち上がり、お園に向かって頭を下げた。

「御馳走様でした。美味しかったです……両方とも、とても」

そう言って、文香はおとなしく帰っていった。恭史郎は妹の後ろ姿を見送り、大きく息をついた。

――あいつも振られたようだが、我輩も然《しか》りのようだ。あの夜も寝た振りをして探っていたが、女将は吉之進殿と何か深い縁で結ばれているのだろう。まあ、いいのではないかな。お似合いだ、あの二人は――

辰五郎親分が声を上げた。

「これにて、落着だな！　皆、お疲れさん」

お開きとなる。お園に惚れていた善三は、失恋が決定的になってしまい、寂しそうな顔をしていた。善三が一人で帰ろうとすると、お篠が声を掛けてきた。

「善三さん、うちの子を探してくださって、どうもありがとうございました」

「あ、いえ。心配だったんで。無事で本当によかったです」

「懸命に探してくださって、とても嬉しくて。……あの、お家ってどちらのほうですか？」

「はい、若松町《わかまつちょう》ですが」

「あら、では同じ方向ですね。よろしければ、途中まで御一緒出来ませんか？　もう、暗いので、途中まででも送ってくださると有難いのですが」

お篠に見つめられ、善三の胸が思わず高鳴る。踊りの師匠であるお篠は、善三より年上ではあるが、華のある美人なのだ。

「あ、はい、もちろん！　途中までと言わず、ちゃんとお家までお送りしますよ」

「まあ、本当ですか？　お咲、よかったわね。素敵なお兄さんが、送ってくださるって」

「はい。ありがとうございます」

愛らしいお咲にまで見上げられ、先ほどまで落ち込んでいた善三に、すっかり元気が漲《みなぎ》っていく。

「いや、素敵だなんて、そんな恥ずかしいなあ」

照れる善三に、お篠とお咲の母娘は笑みを送る。三人は並んで、帰っていった。

〈福寿〉からの帰り道、文香は、ふらりと〈山源〉に寄った。

寛治を呼び、酒を注文し、文香は言った。

「吉之進様に振られてしまったわ。お園さんがいいそうよ。……お園さんって凄いわね。皆に、あんなに支えてもらって」

寛治は何も言わず、酒と、料理を持ってきた。料理は、〝蟹《かに》と豆腐の餡掛け〟と、〝蟹の甲羅《こうら》に入った蟹味噌雑炊〟だった。

湯気の立つ温かな料理を眺めながら、文香は「悔しいなあ」と、ほろりと涙をこぼした。

「まあ、人生色々ありますわな。でも泣いたり、悔しがったり、いろんな経験積んで、いろんな思いをして、いい女になっていけばいいんちゃいます？」

寛治はそう言って、微笑んだ。文香は涙を拭い、「美味しい、このお料理」、とぱくぱく頬張り始めた。

餡掛けは、胡麻油で炒《いた》めた葱と生姜の芳ばしさが、蟹の味をいっそう引き立たせて、絶品である。

「蟹と豆腐ってこんなに合うのね。初めて知ったわ。ああ、美味しい、蟹が蕩けそう」

「蟹って、殻は硬いのに、身は柔らかいでっしゃろ。硬い殻で、自分の身、守っているんちゃうかな。本当は、傷つきやすいから」

文香は寛治を見つめ、今度は甲羅に入った雑炊を頬張る。

「うわあ、美味しい。蟹味噌の旨み、たっぷりだわ。染み込んでいるの」

「硬い甲羅は、別に捨てることもあらへんのです。取っておいて、また別のふうに使えばええんちゃうかと。なかなか役立つもんですさかい」

文香は、寛治の言葉の意味が、分かった。気位の高い文香に、その誇りを捨てるのではなく、別の面で役に立てろと、言ってくれたのだろう。

蟹の硬い殻は、文香の矜持にも似ている。本当は柔らかな自分を、その矜持で守っているのだ。

――寛治さんは、本当のあたくしがどのような人か、見抜いていたのね。それゆえ、蟹のお料理を出してくれたんだわ――

文香は寛治に心を動かされ、はたと気づいた。

――そうなんだわ。人を好くのに、身分の差など、まったく関係ないんだわ――


文香はようやく、吉之進の思いがまことに分かるような気がした。

文香の顔に笑みが戻った。

「もう、自棄食いよ。寛治さん、美味しいもの鱈腹《たらふく》食べさせて！」

「おおきに、張り切って作りますわ」

寛治はそう言って、板場へと戻っていく。

そしてまた料理を持ってきて、文香に出した。それは、鯖の熟《な》れ寿司だった。

鯖を塩と米飯で発酵させたものである。

「熟成がものを言う料理ですわ。料理も人も同じでっせ」

文香は大きく口を開け、熟れ寿司を頬張る。

「うん！　癖になる味だわ！　いい味を出すには、こなれるってことも必要なのね」

経験を積むということに、文香は興味を持ち始めていた。


吉之進は、〈福寿〉を、またふらりと訪れるようになった。

里江が発した言葉は、的を射ていたのだ。お園には吉之進が、吉之進にはお園が、必要なのである。

だが、どこか気まずい雰囲気の中、どうしてよいか分からず、吉之進に酒を注ぎ、お園は言った。

「あ、あの〈書楽〉の一連の戯作。三作とも、〈大旦那〉が主人公というのが、何か引っ掛かるわ」

「う、うむ。そうだな。一作目と二作目は予言したような内容だったが、三作目は違っていたというのも、引っ掛かる」

「三作目は、それに似せて里江ちゃんとお咲ちゃんが狂言を起こしただけで、本当に攫われたという話は聞かないわ」

「〈大旦那〉か……。どこかに、似たようなことをしている大旦那が、本当にいるのだろうか。その者を手本に書いているとか」

お園は、思い当たることを、口にした。いつもならもっと早く吉之進に相談していただろうが、文香が現れてから距離を取るようにしていたので、今まで話せずにいたのだ。

「お竹さんを捨てたという人も、〈大旦那〉なのよね。そういえば」

「ほう、そのお竹殿というのは、どのような人だ？　詳しく聞かせてくれないか」

お園がお竹のことを説明すると、吉之進は言った。

「ならば、折角だから話を聞いてみるか」

四品目　ほっこり芋金団《いもきんとん》

一

段々と暖かくなり、晴れ間も多い。お園と吉之進は、お竹の大旦那だったという男が営んでいるという料理屋を探す為、日本堤《にほんづつみ》を歩いていた。堤の上からは見晴らしが良く、浅草観音《あさくさかんのん》も見える。吉原の客を当てにした、茶屋や料理屋なども並んでいる。吉原の大門を横切る時、見事な桜並木が目に入り、お園が声を上げた。

「あれが吉原の桜なのね、凄いわ。毎年、わざわざ植えるのでしょう?」

「そのようだ。弥生一日から弥生末日まで植えていて、その後は引き抜いてしまうそうだ」

「盛りが過ぎると引き抜いてしまうなんて、なんだか悲しいわね」

その桜の運命と、遊郭《ゆうかく》の女たちの運命が重なり合うような気がして、お園は胸が少し痛む。

「桜もよいが、大旦那の店をちゃんと見つけなくては」

吉之進に言われ、お園は頷いた。手掛かりは、お竹の話から、「吉原の近くの、鼈料理が名物の店」だ。

お園たちは直接は関係ないのに、大旦那を追うのはなぜか、自問した。そしてそれは、〈ゑぐち〉に迷惑を掛けたのは許せないし、大旦那に関係していると察したとおりなら、料理屋を陥《おとしい》れたりしたことも許せないことだからだ、と結論付けた。

「お竹さんが言っていたわ。吉原に遊びにくる人たちが、その行き帰りに立ち寄るのを狙ったそうよ」

「確かに、ここには、そのような客を狙った店が並んでいるな」

日本堤とは、浅草聖天《しょうでんちょう》町と三《み》ノ輪《わ》を結ぶ一本道のことだ。訊ね歩くうち、鼈料理が名物の店は〈岩舘屋《いわだてや》〉というところだと分かった。

二人は〈岩舘屋〉の前まで行き、様子を窺った。

「立派なお店ね……」

「これは想像していた以上だ。儲《もう》かっているのだな」

如何にも風格のある店構えに、二人は息を呑む。店に入ってみようかとも思ったが、休み刻のようであり、諦める。

二人は近くの、葦簀《よしず》張りの茶屋に入り、ひと休みした。お茶と安倍川餅《あべかわもち》を注文し、お園は茶屋の女将にそれとなく訊ねてみた。

「〈岩舘屋〉さんって、大きなお店なんですね。ある人に『美味しい』と聞いて、訪ねてみたのですが、今、仕込み中みたいで」

「ああ、そうですね。今時分は。あと半刻ぐらいで、店を開けると思いますが」

「そう。では、待ちましょう。〈岩舘屋〉の大旦那様って楽しい方と聞いたけれど、本当かしら？」

「ええ、そうですね。賑やかなことがお好きな方だとは思いますよ」

「お店に行けば、大旦那様に会えるかしら」

「それはどうでしょうねえ。大旦那様はもう六十歳近くて、お店は殆ど雇い人たちに任せているようですから。最近は、転んだこともあってお店にはあまり出ていらっしゃらないと思いますよ」

「そうなのですか……」

お園は少し考え、〈書楽〉の戯作を思い出しつつ、鎌《かま》を掛けてみた。

「大旦那様がその昔、富くじに当たったと聞いたのですが、本当かしら？　それを元に、お店を始められたと」

「よくご存じでいらっしゃいますね！　そうなんですよ、あちらの大旦那様は、今から三十年ぐらい前に富くじに大当たりなさって、それで料理屋を開いたんです。当時のことは、私もよく知りませんが、聞いたところによると、初めはあんなに大きな店ではなかったそうですよ。大旦那様の手腕で、どんどん繁盛させていったようです」

「そうなんですか、辣腕《らつわん》でいらっしゃるんですね。大旦那様……」

頷きながら、ここまで一致しているなら、やはり〈書楽〉の物語はこの大旦那を描いたものではないのかと、お園は確信を深める。お園は更に鎌を掛けてみた。

「あれ？　知り合いに大旦那様のお名前を教えてもらったのに、度忘れしてしまったわ。ええっと、何というお名前でしたっけ？」

「円蔵さん、ですね。岩舘屋円蔵さん」

「そうです！　円蔵様って、女の人にもてますでしょうね。商《あきな》い上手で、楽しい御方なら」

女将は、含み笑いをした。

「女好きではいらっしゃるでしょうね。元々吉原がお好きで、この場所にお店を持ったそうですから。今はどうか分かりませんが、お若い頃は、色々な遊里で楽しんでいらっしゃったのではないかしら。御自分が遊里がお好きだからこそ、遊里を訪れる人たちの気持ちが分かって、お店を繁盛させることが出来たのかもしれませんしね」

「なるほど……。趣味を商いに生かしたということですね。才覚があるのでしょう」

どうやら、お竹を囲っていた男であり、〈書楽〉が戯作に描いている男は、やはり岩舘屋円蔵であるようだ。

女将が下がると、お園は首を少し傾げて、吉之進に小声で言った。

「円蔵……って、最近、どこかで聞いたことがあったわ。どこでだったかしら」

「お客の名前ではないのか。文太殿や竹仙殿が連れてきた」

「いいえ、そうではないの。お客様のお名前だったら、一度伺ったら覚えているもの。……どこでだったかしら」

「役者の名ではないのか。あるいは噺家《はなしか》とか」

お園が思い出していると、女将がお茶と安倍川餅を運んできた。

名前のことなどひとまず忘れ、黄粉《きなこ》がたっぷり塗された安倍川餅に、お園も吉之進も舌鼓《したつづみ》を打つ。吉之進はゆっくりと味わいながら、言った。

「こんなふうに、女将と並んで食べると、やはりいっそう旨いな」

吉之進の横顔を見つめ、お園も笑みを浮かべ、「そうね」と頷く。砂糖が混じった黄粉が、ふわふわと舌の上で溶けていく。吉之進の隣で食べる安倍川餅は、いつにも増して柔らかく、甘やかだった。


茶屋を出ると、店もあるので、二人は日本橋に戻ることにした。その帰り道、吉之進が言った。

「さて、〈書楽〉が戯作に描いていた男と、お竹殿を囲っていた男が同一の人物で、それが岩舘屋だったとして、何を意味するのであろうか？〈書楽〉はいったい、何の為に、岩舘屋らしき男を、戯作に描いたのだろう？」

二人は足を止め、見つめ合う。

「もしや、あの戯作は、岩舘屋の何かを世に知らしめる為に書かれたものだったのではなかろうか？」

お園も頷いた。

「岩舘屋が富くじに当たって、それを元手に料理屋を始めたということは真実だったのだから、他に書かれたことも、過去に、それらしきことを本当にしていたということかしら」

「うむ。戯作の第一作目は、〈大旦那〉が料理屋を開いた後、他の料理屋に行く先々で、事件が起きる、という話であった。ということは、このようにも考えられないか？　行く先々で、〈大旦那〉自らが事件を起こしていた、と」

お園は目を瞬かせた。

「〈大旦那〉が自演していたと？　そうよね……〈大旦那〉が自ら何か起こせば、つまりは、他の店への意図的な妨害になるわ。そのような妨害を、岩舘屋は実際にしていたということかしら」

「うむ。ありうるだろう。一連の戯作は、岩舘屋の悪事を告発する為に書かれたもののように、俺は思う。それも、その悪事をそのまま描いたのではなく、一作毎《ごと》に真実に虚構を混ぜて描いているのだ。そこで謎なのは、いったい〈書楽〉は、なにゆえに岩舘屋を告発したいのかということだ。〈書楽〉とは、本当に何者なのだろうか」

「言えるのは……〈書楽〉は、岩舘屋の過去のことまで知っていて、お竹さんとの仲も知っていた人物、ということよね」

「そういうことであるな」

茜空《あかねぞら》が広がり、烏《からす》の啼き声が聞こえてくる。二人は足を速めた。

二

お園は竹仙に頼んでお竹を〈福寿〉に連れてきてもらい、色々訊ねてみることにした。

「お久しぶりです。この前は酷く酔っぱらっちゃって、ごめんなさいね」

お竹はお園に、ぺこりと頭を下げた。だいぶ立ち直ったようだが、よほど堪えたのか、まだ少々消沈しているように見える。

「大丈夫ですか。あのお家には、まだ住んでいらっしゃるの？」

お園が心配すると、お竹は苦笑いで答えた。

「ううん。追い出されて、今は安宿にお世話になっているの。少しは蓄えがあるから、それが尽きるまでには、身の振り方を考えるわ」

そんなお竹に、お園は酒と共に料理を出した。それは、蛸《たこ》と冬葱と油揚げのぬた。彩りも良く、お竹は喉を鳴らし、箸で摘んで口に入れた。

「ああ、こんなものを食べたら、お酒を底なしに呑んでしまいそう。……蛸がね、ぷりぷりして、堪らないの」

ぱくぱく頬張るお竹に、お園は微笑んだ。

「蛸って、とても頭が良いんですって」

「へえ、そうなんだ。茹でると真っ赤になって、足が多いぐらいしか知らないけれど」

「八本ありますよね。あれ、足とも腕ともいうそうです。いいですよね、そんなに足や腕が多かったら。二股どころか、八股出来そうですもん」

お竹はふと箸を置いて、酒を口にしつつ言った。

「あの大旦那も、八股ぐらいしてたのかも。きっと私の他にも女がいたのよ、色々。ああ、悔しい、食ってやるわ！」

お竹は再び箸を持ち、蛸を摘んで頬張った。

「その意気ですよ、お竹さん。食べてしまってください。そしてさっぱりした気持ちで、次の新しい人を見つけてくださいね」

「そうね！　八股野郎なんて食っちまえ！」

お竹に明るい笑顔が戻る。お竹は嚙み締め、呑み込み、酒を啜る。大きく息をつき、大きく声を出した。

「女将さんのお料理は、最高！　このお店も、最高！」

竹仙も笑みを浮かべ、お竹に酒を注ぐ。

「女将さんの仰るとおりですよ。実際、ここにも、こうしておりますからねえ、お竹さんの想い人志願が」

「あら、竹仙さんのこと？」

「そうです。お竹さん、考えておいてくださいね」

「そうね、考えておくわ。候補に入れておいてあげる」

「あら、お竹さん、調子が出てきたのではありません？」

お園が微笑むと、お竹もつられて笑った。

「女将さんのお料理のおかげよ！　こんなに美味しい蛸を食べたら、落ち込んでいるのが莫迦らしくなっちゃった。蛸って色も鮮やかで、なんだか元気になるわね」

「その調子ですよ、お竹さん。そういやあたしも、蛸みたいって、よく言われるんですよ！」

竹仙はそう言って、坊主頭を撫で回した。お竹は「面白いわあ」と、竹仙の頭をぽんぽんと叩く。〈福寿〉に笑いが響いた。

たでしょう」

お竹に笑顔が戻ると、お園はそれとなく訊ねてみた。

「お竹さんは、前々から妾業をなさってたんですか？　色々、贅沢させてもらっ

お竹はほろ酔いで、艶やかに答えた。

「ふふ、贅沢ねえ。どうだろう、少しはさせてもらったかなあ。……そうよ、私は十六の時からお妾さん。お母さんも、そうだったの。お父さんは、永代橋《えいたいばし》が落下した事故に巻き込まれて、私が八つの時に亡くなったの。それでお母さんは、お妾さんに。お母さんは躰が弱くて、朝から晩まで働くようなことは出来なかったけれど、美貌があったのよ。でも病弱だったから、私が十三の時に、やはり亡くなってしまったわ」

「たいへんだったのですね。私も両親が亡くなったのが早かったので、お気持ち分かります」

「そうよね、親が早く亡くなると、苦労するわよね。……前に言ったかもしれないけど私には双子の兄がいるのよ。親戚も頼りに出来なくて、話し合った挙句、互いに好きに生きていこうって決めたの。お母さんを見て育って、兄も私もマセていたから」

空《から》になったお竹のぐい呑みに、竹仙がまた酒を注いだ。

「それで私は、まずは深川《ふかがわ》の芸者置屋に行ったのよ！　芸者さんになりたくてね。でもさすがに若過ぎるというので、芸事を習いながら、下働きみたいなことをさせてもらって、それから半玉《はんぎょく》になったらすぐに旦那さんが見つかって、身《み》請《う》けされちゃった。それが十六の時。甘い蜜《みつ》を吸って他の仕事をする気がなくなって、その旦那さんが亡くなったら次の旦那さんを見つけて、それが駄目になったらまた次、というように転々としてたの。ずっと、どうにか上手くいっていたんだけれど、今回みたいな捨てられ方をしたのは初めてでね。歳を感じてしまうわ」

お竹は溜息をつく。竹仙が訊ねた。

「いやいや、お竹さんはまだお若いですよ。ところで、お兄さんは、どうなさっていたんですか。双子ならすることも似通って……まさか男 妾《おとこめかけ》なんて美味しいことをなさってたのではありませんよね？」

するとお竹は、くすくすと笑った。

「男妾ねえ……いいとこいってるけど、ちょっと違うわね。前に言ったでしょ？　兄は、今は京橋で小間物屋を営んでいるの。でもその前は……陰間《かげま》だったのよ」

お竹の言葉に、お園も竹仙も、目を丸くする。陰間とは、主に男を相手とする男娼《だんしょう》のことで、歳の頃はだいたい十三から二十ぐらいである。お竹は続けた。

「その小間物屋っていうのも、馴染みの客だったお坊さんに金子を出してもらって、始めたのよ。陰間を買いにくるお客さんは、お坊さんが多いから。まさに生《なま》臭《ぐさ》坊主よね」

「双子ということは、お兄さんもお竹さんに似てるのでしょうから、やはり魅力があるのでしょうね」

「うーん、どうかしら。でも、兄にはお客さんが多くついていたみたいだから、それなりに人気はあったんじゃないかな」

お園が訊ねた。

「京橋のどのあたりで小間物屋をなさっているの？　是非、お伺いしてみたいのですが、教えていただけます？」

「いいわよ。色々売ってるから、是非、行ってあげて。あのね、京橋の弓町《ゆみちょう》、店の名は、〈たけいち〉。兄の名前を、平仮名にしたの。山岳の岳に、市場の市で、岳市《たけいち》と書くんだけれど」

「教えてくれてありがとうございます。必ず、お伺いしますね」

お園は笑顔で礼を言った。

お竹たちが帰った後、お園は考えた。

――お竹さん、お兄さんには妾業のことや、岩舘屋の大旦那のことは話していたと思うわ。案外、口が軽いから……。お竹さんのことを知っていて、岩舘屋のことも知っているということは、〈書楽〉の条件を満たしているのよね。お竹さんのお兄さんが、〈書楽〉である可能性もある、と――

お園は考えを巡らせる。

――妹がお世話になっているというので、お兄さんは岩舘屋に興味を持ち、色々探ってみたのかもしれないわ。それで悪事を知ってしまった。岩舘屋は、本当は悪い男だと。で、その悪事を告発したいと思って、あの戯作を？　でも、どうして告発までしようと思ったのかしら。妹の身を案じて？　でも、それなら、お竹さんに直接話せばいいことよね。何も、あれほど大掛かりなことをする必要はないのでは――

〈書楽〉の意図は、「作中の〈大旦那〉が実際に誰であるか、皆に気づかせたい。〈大旦那〉を暴きたい」、というようにも見て取れる。

——三作目に描かれた〝人攫い〟にも、岩舘屋は本当に携《たずさ》わったことがあるのかもしれないわ。岩舘屋が誰かを攫ったということ？　それとも狂言の人攫いを起こしたということ？　どちらにしても、そこまでしていたというのなら、許されることではないわ——

お園に、怒りが込み上げる。

——お竹さんのお兄さんが〈書楽〉であるか否か、まだ分からない。でも、京橋で営んでいる小間物屋に行ってみる価値はあるわね。何か、貴重な話を訊けるでしょう——

そう察し、お園は一人、頷いた。

三

翌日の休み刻、お園は吉之進と一緒に、お竹の兄が営む小間物屋〈たけいち〉を訪れた。こぢんまりとしているが、品物はなかなか揃っていて、綺麗な店だった。お園が欲しいと思うような、櫛《くし》や簪も置いてある。

「いらっしゃいませ」

すらっとした優男《やさおとこ》が、愛想良く頭を下げる。

——なるほど、やはり双子ね。お竹さんに似ているわ。お兄さんのほうがおとなしそうだけれど——

お園は思う。他に手代などがいないところを見ると、一人で営んでいるようだ。お園は白粉《おしろい》を一つ手に取り、「これをください」と、岳市に渡した。

「ありがとうございます。包みますので、少しお待ちください」

岳市は再び頭を下げる。お園はやんわりと言った。

「あの、ちょっとお伺いしたいことがあるのですが。妹さんの、お竹さんのことで」

岳市は目を瞬かせる。

店先でお園たちがかいつまんで事情を話すと、岳市は中に入れてくれた。岳市は店を気にしつつも、お園たちにお茶を出し、話をした。

「なるほど、その謎の戯作者、〈書楽〉の正体を追っているという訳ですね」

岳市は腕を組む。お園は頷いた。

「そうなんです。それに、私たちの考えていることが当たっているとするなら、〈大旦那〉として描かれた、岩舘屋のことも見逃す訳には参りません。しかるべき処罰を受けるべきなのではないか、と」

「〈書楽〉の正体は、もしや貴殿、岳市殿かとも思ったのです。貴殿ならば、お竹殿のことはもちろん、岩舘屋のこともご存じでしょうから」

吉之進に言われ、岳市は「いえいえ」と苦笑いで首を振った。

「私はそんな戯作などは書けませんよ。岩舘屋のことはお竹に聞いて知っていましたが、そんな悪事を働いていたということなど、露《つゆ》とも知りませんでした」

「岩舘屋のことは、誰かに話したことはありますか？　〈書楽〉は、恐らく、お竹さんのことも、岩舘屋のことも知っている人物と思われます。そして、戯作を書けるような者。そのような人に、心当たりはありませんか？」

岳市は腕をさらにしっかりと組み、「ううむ」と考え、言葉を漏らした。

「……ああ、そうか」

お園と吉之進は身を乗り出す。

「あいつかもしれません。……私の陰間時代の仲間で、寺侍になっている、垣根《かきね》忠之助《ただのすけ》という男では」

お園は昂った声を出した。

「その方は戯作も書いていらっしゃるのですか？」

「ええ。〈書楽〉ではありませんが、別の名前で何作か書いています。〈亀屋東《かめやとう》西《ざい》〉、だったかな。なかなか面白い話を書くので、結構、売れているようですよ。お竹も、垣根の戯作は読んでいるみたいです」

貴重なことを知り得て、お園の手が微かに震える。お園と吉之進は、顔を見合わせた。

「お竹さんも、垣根さんのことはご存じなのですね」

「ええ、知ってます。三人で呑んだこともありますよ。垣根は俺たちより一つ上の二十六歳で、ともに同じ頃に陰間を辞めました。俺は二十歳、あいつは二十一歳でしたね。陰間の上がり、ってご存じですか？」

岳市がにやりと笑む。その顔には、一種ぞくりとするような独特な妖気が漂っていて、お園は思った。

——先ほどまでの小間物屋の主の顔とは、まったく違うわ。いつもは陰間だった過去を封じて暮らしていても、ふとした拍子《ひょうし》に、滲み出てしまうものなのかも——

お園は軽く咳払いをして、答えた。

「陰間の上がり、ですか。いいえ、詳しくは存じませんが」

「そうでしょうね。知らなくて当然かもしれません。陰間ってのは、上手くやれば、その後の暮らしは、だいたい三つの内のどれかなんですよ。馴染み客ってのは、殆ど僧侶なんですけどね、その人たちに幾らかの元手を出してもらって小商いでも始めるか、寺侍の株を買ってもらうか、小間物や煙草《たばこ》の行商になるか、なんです」

「まあ、そうなのですか。私はてっきり、役者になる方が殆どだと思っておりました」

「役者ってのは、実際はひと握りでね。だいたいがそんな感じで、次の人生を始めるんですよ。まあ、良い客、馴染み客を摑めなかった陰間は、二十歳を過ぎて追い出されたら、野垂れ死にってこともありますけどね」

「まあ……」

お園は眉を顰《ひそ》めた。

「垣根も私も、その点は抜かりなくやりましたから、そういう意味でも、繫がりのようなものは互いに深く感じていたと思います。『陰間で苦労したこともあったが、第二の人生は、互いに上手く楽しくやっていこう』、と。……とは言っても、垣根と私は、特別仲が良い訳ではありません。たまに、半年に一度ほど会って、呑み食いする友人ですよ。その時、お竹も来ることがある、といった感じです」

お園は思った。

――お竹さんは、垣根さんが戯作を書いているということは知っていたのよね。そして、〈亀屋東西〉という名で書かれたその戯作も読んでいた、と。また、竹仙の旦那が言っていたように、お竹さんは〈読楽堂〉の瓦版も読んでいた。ならば〈書楽〉の戯作を読んで、もしかしたら文体が垣根さんのそれとどこか似ていると、気づいていたのかもしれない。それゆえ、いっそう気に掛かり、版元までわざわざ買いにいっていたのかもしれないわ――

岳市は言った。

「垣根は岡場所育ちだけれど、読み書きも出来ましたからね。岡場所から陰間を経て、今では名字帯刀を許される身分になったのですから、頭は良いんですよ、あいつは。……でも、その〈書楽〉というのが本当に垣根だとして、どうして岩舘屋を告発したいかが、いまいち分かりません」

岳市は首を傾げる。

「お竹さんの身を案じて、岩舘屋が悪い人であると、世に訴えたかったのでしょうか」

「いや、ただ忠告したいだけなら、お竹本人か私に言えば済むことのような気がします」

「ならば……垣根殿自身が、岩舘屋に何か恨みがあるという線は?」

三人が、互いに顔を見合う。さらに吉之進が訊ねた。

「垣根殿は、どこの寺に勤めておられるのですか」

「白泉寺《はくせんじ》です。浅草の」

「垣根さんが育った岡場所は、どこなのでしょう」

「恐らく、下谷《したや》と思われます。垣根はよく、『けころの女たちが俺を育ててくれた』と、言ってましたので」

けころとは下谷辺りの私娼《ししょう》のことで、短い時間で仕事を終わらせ、次から次に行うことから、〝蹴転《けころ》がる〟という意味で、そう呼ばれていた。

「下谷の、なんという娼家か分かりますか?」

「ううん……娼家の名前まではなあ。あいつ、そこまで言ってたかなあ」

岳市は腕を組んだまま、考え込む。お園は詰め寄った。

「何でも構いませんので、垣根さんが仰ってたことで、思い出せることを教えてくださいませんか」

　岳市は暫く目を瞑っていたが、ぱっと開け、こんなことを話した。

「思い出しました。いえ、些《いささ》か尾籠《びろう》な話で申し訳ないのですが、陰間ってのは仕事上、芋を食べることを禁止されているんですよ。……お分かりになりますかね。腹が緩くなって、お客さんに接している時に、放屁《ほうひ》などの粗相をしてしまうのを防ぐ為なんです」

　お園はそっと目を伏せたが、吉之進は真顔で聞いている。

「しかし人ってのは、禁じられると、なんだかいっそうそれに手を出してみたくなるもんでね。それゆえか私は時々、芋が食べたくて堪らなくなったんです。我慢するのが苦しいぐらいにね。ある時それを垣根に言ったら、涼しい顔で、こう返されました。『俺は芋は食い飽きたので、そんな気にはまったくならん。娼家の近くに美味しい芋金団を売っている店があって、けころの女たちがよくそこの芋金団を買ってきては、いつも俺にも食わせてくれたからだ』、と」

「まあ、芋金団……」

「ええ。でもその後、またある時、垣根が不意にこんなことを口にしたんですよ。『娼家の近くの、あそこの芋金団は旨かったなあ。もう一度、食べてみたい』

って、ぽつりとね。それで思ったんです。――こいつも強がってるんだ――、ってね」

お園と吉之進は、「詳しいお話をお聞かせくださって、本当にありがとうございました」と丁寧に礼を言い、小間物屋を後にした。

岳市は、「何かあったら、いつでもまた来てください」と、気さくに見送ってくれた。

四

お園と吉之進は、そのまま下谷へと向かった。下谷は寛永寺《かんえいじ》の近くなので、少し歩くが、吉之進と一緒なので、お園はまったく苦にならない。それどころか、吉之進に「女将、やけに元気だな。足が速い」と、言われる始末だ。桜の季節は意外に長い。早く咲き始めるものもあれば、少し経って開花するものもあるからだ。

「早く咲こうが、遅く咲こうが、綺麗なものは綺麗よね」

色づく町を眺めつつ、お園は微笑んだ。

下谷に着くと、二人は岳市の話を手掛かりに、「美味しい芋金団を売っている店が近くにある娼家」を、探していった。

するとと、まずは芋金団を売っている店が、目についた。〈かね満《みつ》〉という店で、小さく寂れた見た目だが、お客がよく出入りしている。

「この店なのだろうか？　ではこの近くの娼家をあたってみれば、分かるのではないか」

お園は吉之進を上目遣いで見た。

「ねえ、私、小腹が空いてしまったわ。ここの芋金団、食べてみない？　娼家をあたるのは、それからでもいいでしょう」

お園に「お願い」と手を合わせられ、吉之進は苦笑した。

「まったく……。待っていろ」

そう言って、吉之進は店の中へと入っていく。お園は吉之進の背中に向かって、笑みを浮かべて頭を下げた。

「うん、美味しい！　芋金団、好きなの。まったり蕩けるわあ」

吉之進が買ってきてくれた芋金団を味わい、お園は顔をほころばせた。黄金色の柔らかな金団は、眺めているだけでも福々しい気持ちになる。

「栗が入った金団も美味しいけれど、このような薩摩芋だけで作ったのもいいのよねえ。ごちゃごちゃ混ぜないで、このように簡素に美味しく作るのが、最も難しいんですもの。まさにこの芋金団、熟練の技だわ。吉さんも、どうぞ」

「かたじけない。旨そうだと思って見ていたんだ」

お園の食べ掛けを頰張り、吉之進も笑みを浮かべた。

「うむ。甘過ぎず、素朴で、懐かしい味わいだ。しかし、ただ素朴なのではない。深みがあるのだ。この金団の味には、長い年月を感じる。そこが、女将が言うところの、熟練というものだろうか。実に旨い」

吉之進の言葉を聞きながら、お園は感慨深い。

――吉さんも、味に一家言《いっかげん》を持つようになってきたみたい。〈福寿〉通いが、影響したのかしら――

芋金団で一息つくと、二人は娼家を探し、それらしきところをすぐに見つけた。〈原嶋屋《はらしまや》〉と、小さな看板が掛かっている。吉之進は戸を開け、声を上げた。

「あの、すみません」

すると、ここの女将であろうか、年老いてはいるものの背筋がすっと伸びた女が現れた。

「あら、いらっしゃいませ。旦那、初めてのお客様でいらっしゃいますね。まあ、お上がりになって、お寛ぎください。妓《おんな》も何人か揃ってますんで、お選びいただけますよ」

愛想笑いをする女に、吉之進は頭を掻いた。

「いや……今日はそのようなことではなく、伺いたいことがあって、訪ねたのだが」

吉之進の後ろから、お園がそっと顔を出す。

「こちらで幼少の頃を過ごされたという、忠之助さんのことなのですが……覚えていらっしゃるでしょうか」

女は目を丸くし、二人を見つめた。

お園と吉之進は、内証《ないしょう》と呼ばれる、娼家の主と女将が居る部屋へと通された。男衆が、すぐにお茶と煎餅を運んでくる。女はやはり〈原嶋屋〉の女将だった。

「すみませんねえ、主人は生憎《あいにく》、碁《ご》を打ちに出てしまっていましてね。私一人でお相手させてもらいます」

「ありがとうございます。よろしくお願いします」

二人は恐縮しつつ、頭を下げる。遊びにきた客ではないと分かっても追い返さなかったのだから、女将は懐が広いのであろう。女将には、縞《しま》の渋い色味の着物が、よく似合っていた。

「忠之助さんのことは、よく覚えていますよ。お母さんのこともね。光枝《みつえ》さんと仰って、ここの遊女だったのですが、人気ありましたよ。訳あって、ここで忠之助さんを産んでね。今から二十五、六年前かしら。私が三十代半ばでしたから。あの時、光枝さんは二十代半ばだったわね。私と丁度、十歳違ってたんです」

「あの……光枝さんのお相手、つまりは忠之助さんのお父様は、どのような方だったのでしょう。差《さ》し支《つか》えなければ、教えていただきたいのですが」

女将はお茶を啜り、一息ついて、答えた。

「どうしてそんなことを？」

「それは……」

お園は事情を掻い摘んで話した。それを聞いた女将は頷くと、

「分かりました。お話しいたします。お相手は、岩舘屋さんと仰る方で、料理屋の大旦那でした」

お園と吉之進は顔を見合わせ、頷き合った。

「では、その岩舘屋さんが、忠之助さんのお父様だと」

「そうです。岩舘屋さんってのはその頃、えらい羽振りが良くてね、よく通ってきては、光枝さんを指名してました。私と同じぐらいの歳ですが、岩舘屋さんもまだお元気のようですね。風の噂で聞きますよ。吉原の近くのお店も、繁盛しているようですし、この頃は慈善の活動もなさっているとか。……まあ、あの人の本性を知っている私なんかは、何を今更と、鼻白んでしまいますけれどね」

お園はふと思い当たり、「あっ」と声を上げそうになったが、抑えた。吉之進が訊ねる。

「その、岩舘屋の本性と申しますのは？」

「ええ……。光枝さんも忠之助さんも、あの男のせいで苦しんだようなものですからね。光枝さんは、岩舘屋さんに、何度も甘い言葉を囁かれたんですよ。『必ず身請けするよ』、というね。光枝さんって、純情っていうか、一途《いちず》なところもあってね、ひたすらその言葉を信じていたんだけれど、岩舘屋さん、ある日急に姿を見せなくなっちまったんですよ。つまりは、光枝さん、捨てられたというか、騙《だま》されたんですよ。あんな言葉を鵜呑みにしたばかりにね」

「まあ……」

「光枝さん、騙されたということを認めることが出来ず、囁かれた甘い言葉にすがるように、岩舘屋さんをずるずると待ち続けてしまったのでしょう。どんなに待ってももう来ない、捨てられたと自覚出来た時には、堕《お》ろすのはもう手遅れでね。光枝さん、必死の思いで、忠之助さんを産み落としたんです。子供の誕生は嬉しかったようで、光枝さん、涙を流して喜びましたよ。……でも、心の傷は深く、躰の具合も次第に悪くなっていきました。産後の肥立ちの悪い光枝さんを暫く休ませようとしたのですが、あの方は借金が多くて、子供を産んだ後もすぐに働かせてほしいと言って聞かなくてね。かなり無理をしてしまったのでしょう。気付けなかった私たちも悪いのですが、忠之助さんが八つの頃でしょうか、光枝さんはここで、お亡くなりになりました」

男に弄《もてあそ》ばれた光枝の悲しみが伝わってくるようで、お園は胸を押さえる。吉之進も、膝の上で拳を握って聞いていた。

「残された忠之助さんは私たちで面倒を見ました。可愛がってはおりましたが、不遇だったでしょうね。寺子屋や道場に行かせても、『お前ん家《ち》って岡場所なんだってな』『母ちゃんはけころだったのか』と、よく虐《いじ》められたようです。あの子、ここではいつも明るい素振りで、平気な顔してましたけれどね。友達も出来ず、辛く、寂しかったと思います。賢い子だったから、余計に……」

女将は言葉を切り、俯いた。

「私たちはずっとここにいてほしかったし、主人とも、『ここで働いてもらいたいねえ』なんてことも話してたんです。でも、忠之助さんは、やはり、ここに居ることがどこか心苦しかったようで、十四歳になった時、『独り立ちしたい』と言って、出て行ってしまいました。『行く当てもないでしょう。どこに行くの』と止めたのですが、『商家に奉公したい』と聞かなくて。ある朝、起きたら、文を残して消えていました。《お世話になりました。御恩は一生忘れません。本当にありがとうございました。頑張ってやっていきますので、どうぞ心配しないでください》、って。主人と二人、声を上げて泣きました」

唇を嚙み締める女将に、お園は優しく問い掛けた。

「忠之助さん、今、どうなさっているかご存じですか？」

「いいえ、それきりですから。お元気なのでしょうか」

「ええ、とてもお元気でいらっしゃいますよ。忠之助さん、生来の賢さで、今では名字帯刀が許される御身分です」

女将は「ええっ！」と叫び声を上げ、両手で口を押さえた。

「そ、それは本当ですか？」

「はい、本当です。この頃では戯作もお書きになって、戯作者としても人気を博していらっしゃいます。素晴らしい御活躍ですよ」

その間の〝陰間の時代〟などは余計なことと、言わずにおく。お園の話を聞き、女将はぼろぼろと涙をこぼした。

「ああ、良かった！　実は、時折、思い出しては心配していたのです。忠之助さんのことを。……ここを出て行って、本当に良かったのですね。これも、光枝さんの御加護のおかげですよ。もちろん、あの子の頑張りでしょうが。……ああ、嬉しい。教えてくださって、心よりありがとうございます。早く主人に教えてあげたいですよ。ったく、どこうろついてんのかしら、早く帰ってくりゃいいのに、あの蛸！」

ぶつくさと言う女将に、お園も吉之進も思わず笑ってしまう。

「忠之助さんのことを色々教えてくださって、こちらこそありがとうございました。忠之助さんにも、女将さんのこと、お伝えしておきますね」

二人は女将に繰り返し礼を述べ、立ち上がった。

店を出る時、湯屋にでも行った帰りであろうか、遊女たちが下駄をからころ鳴らしながら戻ってきた。遊女たちは吉之進を見ると、隣にお園がいるにも拘《かかわ》らず、気さくに声を掛けてきた。

「あら、お兄さん。もう帰っちゃうの？」

「やっと戻ってきたのにぃ。これからじゃない、遊びましょうよ」

色目を遣う遊女たちの艶やかさに、お園はすっかりあてられてしまう。でも、不思議と、ヤキモキするような気持ちは起きなかった。

——これも、色々なことがあって、吉さんをいっそう信じることが出来るようになったからね——

そう思える自分が、微笑ましい。

「いや、俺は遊びにきた訳ではなく、女将さんに話があってきたまでだ！　誤解せぬよう！」

遊女たちに生真面目に答える吉之進に、お園は言った。

「あら、いいじゃない。もう用事は終わったのですもの、吉さんは残って遊んでいらっしゃれば？　私はお仕事がありますので、お先に」

お辞儀をし、お園は一人でさっさと歩いていく。「ま、待ってくれ！」と、吉之進は遊女たちを振り切り、お園を追い掛けた。

すぐに追いつき、吉之進はお園の肩にそっと手を触れる。お園は振り返り、吉之進を見つめ、微笑んだ。

二人は再び並んで歩きながら、小舟町へと戻る間、推測した。

「垣根忠之助は〈原嶋屋〉を出た後、陰間の道へと入り、そこで後ろ盾のような僧侶に出逢い、株を買ってもらって、寺侍となった。そしていつ頃からか、戯作も書くようになっていた。だが、実の父といえども、母を捨てた男である岩舘屋円蔵に対する怒りは冷めやらず、いつか仕返ししてやろうと思っていたのではないか」

「忠之助さんは、陰間の時代、岩舘屋について探り、色々あくどいことをしていると知ったのかもしれないわ。それに岩舘屋に対する復讐の思いが合わさり、〈読楽堂〉の瓦版に連載した戯作によって、岩舘屋のかつての悪事を告発しようとしたのではないかしら。その悪事というのが、他の料理屋を蹴落としたり、狂言の誘拐事件を起こして金子を稼いだり……といったことだったのでは？」

「告発が目的であるなら、話題作りの為に、やはり初めは自演をしたのかもしれないな。第一作目を発表した後、幽霊に追い掛けられるだの、三徳が掏られるだの、橋から落ちるだの、立て続けに起こった一連の騒ぎは、〈読楽堂〉が仕掛けたことだったのかもしれぬ。さすがに河豚の毒にあたるということまでは、自演出来なかったが。それでも騒ぎが三回続けば、充分な宣伝になるからな」

「いずれにせよ、謎の戯作者〈書楽〉の正体は、垣根忠之助、またの名を〈亀屋東西〉で間違いなさそうね」

「ああ。〈亀屋東西〉ではなく〈書楽〉という名で書いたのは、恐らく、今回は告発が目的であったがゆえであろう。普段の筆名を使うのは、憚《はばか》られたのではなかろうか」

お園と吉之進は、頷き合う。お園はこうも言った。

「私、気づいたの。吉原の茶屋で岩舘屋の名前の〝円蔵〟というのを聞いて、どこかで耳にしたことがあるとずっと思っていたんだけれど、分かったわ。私、岩舘屋に会ったこと、あるのよ！」

「え？　それはいったいどこでだ？〈福寿〉に来たことがあったのか？」

「ううん、睦月の〝炊き出し大会〟の時よ！　岩舘屋円蔵は、あの時の主催者の一人だったの。笹野屋宗左衛門様に紹介してもらったのだけれど、あの時慌ただしくて、あまり話も出来ずに、挨拶ぐらいで終わってしまったわ。先ほど〈原嶋屋〉の女将さんに、岩舘屋が最近あちこちで慈善の活動もしているというようなことを聞いて、ようやく思い出したという訳」

「なるほど、そうだったのか。歳を取ってきて、罪滅ぼしでもしたくなったのだろうか」

「もしかしたら、今も何か裏であくどいことをしていて、その匂いを消す為とも考えられない？」

吉之進はお園を見つめた。

「女将の勘働きには、いつも恐れ入る。……よし、今も何か悪事を働いているか、岩舘屋を少し探ってみよう」

二人は再び、頷き合った。

五

お園は、お竹の兄の岳市に、垣根忠之助を〈福寿〉に連れてくるよう頼んだ。

「そこの女将が〈亀屋東西〉の戯作を好んでおり、作者に是非御馳走させてほしいと熱望している」と言って、おびき出してほしい、と。岳市は承諾し、数日後、忠之助と一緒に〈福寿〉を訪れた。

「いらっしゃいませ。よくお越しくださいました」

お園は丁寧に頭を下げ、二人に酒を出した。今宵は、二人の為に貸し切りである。

「御馳走してくださると伺いまして、楽しみにして参りました」

「こいつ、痩せの大食いなんですよ」

店が、和やかな笑いに包まれる。忠之助は岳市をさらに優男にしたような、如何にも温和な雰囲気で、陰間の過去があったり、実の父に復讐しようとする者には、とても見えない。

——繊細そうな人だから、それがゆえに、お母さんを傷つけた父親のことを、未《いま》だに許すことが出来ないのでしょうね——

お園は思った。

お園はまず、二人に蕎麦の料理を出した。

「おお、これは美しい」

食紅を混ぜて打った桜色の蕎麦に、忠之助が声を上げる。

「葱がたっぷり掛かっていて……おや、これは何の天麩羅だろう」

「河豚の天麩羅です」

にっこり微笑むお園に、忠之助も笑みを返した。

「見るからに春らしく、美味しそうです。では、いただきます」

忠之助も岳市も、桜色の蕎麦を啜った。

「これは旨い、仄かに桜の香りもする」

「爽《さわ》やかな喉越しだ。汁もさっぱりとして、それでいてコクもある」

「天麩羅も堪らぬ、蕩ける旨さだ」

二人は汁もすべて呑み干し、あっという間に食べ終えてしまった。

お園は「こちらもどうぞ」と、もう一皿、出した。それは、芋金団だった。

忠之助は、黄金色の芋金団をじっと見つめ、「いただきます」と、箸を伸ばした。

忠之助は黙って、芋金団を味わう。岳市が唸った。

「これ、旨いですねえ。甘酒を使ってるんですか？　香りがしますが」

「ええ、仰るとおりです。潰した薩摩芋にね、甘酒を混ぜ合わせて、お塩を少々加えて作るんです。滑《なめ》らかでしょう？」

「はい、とっても。砂糖を使わなくても、こんなに美味しく作れるんですね。いやあ、この味、癖になりそうですよ」

「お気に召していただけて、よかったです」

忠之助は何も言わずに黙々と食べ終え、微笑んだ。

「……よく分かりましたね」

蕎麦と河豚は、忠之助が〈書楽〉として、戯作の一作目に書いた食べ物だった。そして芋金団とくれば、お園の意図に気づいて当然であろう。

お園は忠之助に謝った。

「勝手に色々調べてしまいました。申し訳ありません」

「仕方がありません。世を騒がせるようなことをしましたからね。〈書楽〉の正体を突き止められても、文句は言えぬでしょう」

そんな忠之助に、お園は知り得たこと、そしてそこから推測したことを話す。

戯作を書いたのは、やはり、お園が察したとおり、実の父親に対する仕返し、告発、であった。

「勘違いしないでほしいのですが、母は、岩舘屋に対して、嘆《なげ》いてはいましたが、恨みを言ったようなことはありませんでした。母は、自分を捨てたあの男を、ずっと好いていたのです。あの男を憎んでいるのは、私です。母を騙し、不幸な目に遭わせた男なのですから、許せる訳がありません。母はあの男に、殺されたようなものだと思っています」

口調は穏やかだが、忠之助の言葉一つ一つに重苦しさが感じられ、忠之助の胸の内が窺い知れるようだった。

「陰間の時代、私は円蔵について探り、色々あくどいことをしてきた男と知りました。店を開いてからも、評判の良い他の店を蹴落としたり、狂言の人攫い事件を起こして金子を稼いだり……。それに、あいつは今でも酷いことをしているのです。吉原の馬屋《うまや》というのをご存じですか？」

「そうですね……聞いたことがあるような、ないような」

お園が首を傾げると、忠之助は教えてくれた。

「吉原の馬屋というのは、未払いの客から金子を取り立てる、いわゆる付《つ》き馬《うま》を専門にしている商い屋のことです。岩舘屋は裏でこの商いにも手を染めていて、多額の利子を上乗せして、客から取り立てているのですよ。客が実際に遊んだ額の倍ほどの金子を請求し、無理矢理でも払わせ、上乗せした分は自分のものにしているのです。岡っ引きなどにも鼻薬を嗅《か》がせて、買収しているので、表沙汰《おもてざた》にはなりませんが」

「ええ、そんなことまで？」

「それは酷いな」

お園も、岳市も目を見開く。忠之助は大きく頷いた。

「そうです。酷い男なのです、あいつは。そのようなことを知るうちに、あいつが母にした仕打ちも重なり合い、余計に許せなくなっていき……。私は寺侍でありながら、三年ほど前から戯作も書いていて、いつかあいつを告発してやろうと考えるようになっていました。ずっと機会を窺っていたのですが、そんな時、〈読楽堂〉から連載の依頼があったのです。そこで、岩舘屋のことを話してみると、〈読楽堂〉もやる気を見せてくれました」

「奉行所に相談しようとは思わなかったのですか？」

忠之助は、弱々しく笑った。

「しましたよ、もちろん。でも、奉行所に相談に行っても、そこの者たちも鼻薬を嗅がされているのか、無下《むげ》にされるだけでした」

「まあ……」

「あいつは、本当に悪い奴です。表では慈善の振る舞いをしたりしながら、裏では強欲の鬼だ。お上まで買収するというのなら、書をもって告発し、多くの民に、あいつの非道な所業を知ってもらうのが一番なのではないかと考えたのです。私と〈読楽堂〉は仲間で、以前にも戯作を書かせてもらったことがありました。……自分で言うのもなんですが、〈読楽堂〉は私の才に惚れてくださっていて、私の真意を汲《く》み、私の為に連載を許してくれたのです。こうして今年の初めに第一作目が発表されたのですが、予期せぬことが起きてしまいました」

「それは、どのような？」

「はい。私に前もって断りもせずに、〈読楽堂〉が自演してしまったということです。不可解なことが起こり、『戯作に書いてあることが現実になる』というおかしな噂が広まり、私自身、非常に気になっていたのですが、後になって〈読楽堂〉が打ち明けました」

「〈書楽〉の戯作が告発だということに誰かに気づいてもらうには、派手《はで》に宣伝をして、一人でも多くの人に読んでもらわないと困りますものね」

お園が、察したように言う。

「お察しのとおりです。〈読楽堂〉は、そのように考えました。それで〈読楽堂〉は、『書いてあることが現実になる』ということを実現するべく、第一作目の時、私には黙って自演をしたのです。〈読楽堂〉の知り合いの役者などに頼んで、幽霊になって追い掛けるのも追い掛けられるのも、三徳を掏るのも掏られるのも、橋から突き飛ばすのも突き落とされるのも、もう、なりふり構わず芝居を打って、一気に噂を広めたという訳です」

「あれはすべてお芝居だったのですね……」

「そうです。〈読楽堂〉の情熱たるや、凄まじいものがありますよね。〈読楽堂〉に打ち明けられた時、私、呆れると同時に、胸が熱くなりました。私の告発の為に、そこまでやってくれたのか、と。まあ、〈読楽堂〉も売り上げを見込んでこその大芝居だったのでしょうが、それでも感動しましたね」

「確かに、注目度は一気に高くなったでしょうね」

「ええ。でも、あの高砂町の河豚料理の店には、悪いことをしてしまいました。まさか〈読楽堂〉が芝居を打つなんて思ってもみませんでしたから、料理屋さんに迷惑を掛けることなど考えもせずに、詳しい町名まで書いてしまったので。……でも、炊き出し大会で、あのお店の御主人が大活躍し、すっかり盛り返したということを知って、安心しました。女将さんが提案されたそうですね。私、そのことを知っていて、だからこちらのお店に伺うの、いっそう楽しみだったのです」

「そうでしたか。〈ゑぐち〉さんの御主人には、あの時、たいへんお世話になりました。災いが転じて、〈ゑぐち〉さん、前以上に繁盛なさってますよ」

「本当に良かったです。何も悪いことをしていないのに酷い目に遭ったままなんて、あってはならないことですから」

　忠之助は力強く言い、酒を呷った。

「忠之助さんのそのような思いが、告発へと向かわせたのですものね」

「仰るとおりです。私は〈読楽堂〉の瓦版に三作発表しましたが、それぞれ、どういう意図で書いたのかも、話しておきます。まず一作目は、岩舘屋がその昔、繁盛している他の店を蹴落とす為に、自ら事件を起こしたり、噂を流したりしたことを知らしめたかったのです。手下に幽霊の格好をさせ、他の店で食べた帰りの客を追い掛けさせるなどということを、本当にしたのです、あいつは。すべて実際やったことで、地名もそうです。金子を奪い取ったり、橋から突き落としたりというようなことも。それも繰り返し、繰り返し、しつこく嫌がらせをするのです。そのおかげで、潰れてしまった店もいくつもありました。自分でやっておいて、『あそこの店で食べると、悪いことが起きる』、などという噂を流すのです。『あそこの店の料理には毒が入っている。死人が出たが、表沙汰になっていないだけだ』などと、悪質極まる噂も流していました」

「そんなことをされたら、困ってしまうわね」

「聞けば聞くほど、胸糞《むなくそ》が悪くなる話だな」

岳市は顔を顰める。忠之助は、「まったく酷い話です」と言い、続けた。

「二作目は……友人の妹に、岩舘屋を振ってほしい、岩舘屋がどういう男か気づいてほしい、という思いを籠めて書きました。お竹が、〈読楽堂〉の瓦版をどうか読んでくれるよう、願いながら」

「……そうだったのか」

岳市が、忠之助を見つめる。忠之助は頷いた。

「岩舘屋が酷い男だと、お竹に直接言えればよかったのですが、それでは意固地《いこじ》になってしまうだろうと思い、やはり言えなくて……。あいつを探っていて、知ってしまったんです。あいつは吉原でも遊んでいて、そろそろお竹に飽きていたところだったのでしょう。お竹に間夫を近づけたのは、岩舘屋自身だったのです。つまりは、すべて岩舘屋が仕組んだこと。『間夫と浮気をした』という口実でお竹を捨てることが出来ますからね。なんの後腐れもなく。そのような理由なら、お竹は縁切り料のようなものも請求出来ませんから」

「なんでお竹は、気づかなかったんだろうな、岩舘屋の嫌なところに。金に目が眩んだのだろうか。まあ、岩舘屋が一枚上手《うわて》だったということだろうな。お竹の奴、岩舘屋にあてがわれていた家も追い出されて、とうとう俺のところに転がり込んできたよ。仕方ないから置いてやっているが、十三歳の時から互いに好きに生きるようになって、初めてだな、お竹のあんな気弱な顔を見たのは。相当、堪えたんだろう」

溜息をつく岳市の肩を、忠之助はさすった。

「まあ、それぐらいで済んで、よかったのだろう。あいつのことだ、下手したら、吉原や岡場所に売り飛ばされかねなかったとも思う。不幸中の幸いと思ってくれ」

岳市はやり切れないといったように頷き、酒をぐっと呑んだ。

「そして三作目ですが、これは、岩舘屋がその昔、狂言の人攫い事件を起こしたことを知らしめたかったのです。これも相当酷い話なのですが……岩舘屋の知り合いの娘が攫われ、多額の身代金を請求されました。しかし、その知り合いは、そんな纏《まと》まった金子は持っていませんでした。困り果てていたところ、岩舘屋が知り合いに身代金を貸してやり、それを下手人に渡して、娘は無事返ってきました。しかし、事件の黒幕は岩舘屋だったのです。つまりは、貸した身代金はそのまま岩舘屋に戻り、知り合いからは身代金ぶんの借金を取り立てられた、という訳です。その知り合いは長年苦しみながら、高利貸しに借りてまで、岩舘屋に払ったといいます。そのせいで命を縮めてしまったということです」

岩舘屋のあまりの所業に、お園も岳市も、言葉を失ってしまう。二人とも、正直、そこまで酷いとは思っていなかったのだろう。

沈黙の後、岳市は呟いた。

「お竹も、もう少し人を見る目を養ったほうがいいな。偉そうなことを言う前に」

「岩舘屋は、人を騙すのが上手いのだろう。さも柔和そうな顔で、微笑みながら嘘をつくのだから、一番質《たち》が悪い」

忠之助は苦笑しつつ、続けた。

「もう一作、書こうと思っているのです。筋書きは、こうです。その〈大旦那〉は吉原の近くで料理屋をやっていて、これまでの三作の黒幕こそが〈大旦那〉だとばれ、お縄につく、といったような」

お園は思う。

——忠之助さんは、やはり実のお父さんを憎んでいるのね——

お園は板場へと行き、忠之助の憎しみを少しでも癒したく、料理を作った。

それは、牡丹餅《ぼたもち》であった。この時代、春のお彼岸《ひがん》は如月の半ば頃である。今は弥生で少しずれてはしまったが、お園はこのような思いを籠めて、牡丹餅を作った。

――先月はお彼岸もあったし、どうかあの世のお母様のことを、慮《おもんぱか》ってほしい。お母様は、忠之助さんに復讐などは望んでいないでしょう。それに気づいてほしい――、と。

お園は、薩摩芋を使って、牡丹餅を作った。御飯と蒸《ふ》かした薩摩芋を、潰しながら混ぜ合わせ、形を作る。それに粒餡や黄粉を塗す。砂糖は使わず、薩摩芋の自然な甘みを引き立たせるのだ。

お園は〝芋牡丹餅〟を、忠之助たちに出した。

忠之助は牡丹餅を眺め、笑みを浮かべた。一口食べ、忠之助はぽつりと言った。

「おや、珍しい。芋で出来ているのですね」

「ええ、御飯とお芋を混ぜ合わせて作りました。先月のお彼岸の時に、お出し出来ればよかったのですが」

お園と忠之助の眼差しが、ぶつかった。忠之助は再びふっと笑むと、楊枝で丁寧に牡丹餅を切り、口に運んだ。

「……美味しいです。優しい甘みで」

忠之助は、牡丹餅をゆっくりと味わった。残さず綺麗に食べ終えたが、しかし、悲しいことに忠之助の憎しみは、癒されぬようであった。忠之助は、まだ父親のことを悪く言い続けたのだ。

お園は溜息をついた。やはり、忠之助の積年の憎しみは、いくら心を籠めて作った料理でも、そうすぐには解《と》けないようだ。

すると戸が開き、貸し切りを無視して恭史郎が入ってきて、忠之助を見て大声を上げた。

「お主は、〈亀屋東西〉ではないか！　どうしてお主がここに？」

「おお、これは、〈目覚狂士郎《めざめきょうしろう》〉殿！　目覚殿も、こちらの馴染みでおられるのか」

どうやら二人は知り合いのようで、お園は驚きつつ、交互に見やる。恭史郎は忠之助の隣にどっかと座り、忠之助の盃を奪って、ぐっと呑み干した。

「女将、この男が、ボーッとして、なまっちろいのに、奇想天外な戯作であっと言わせる、〈亀屋東西〉、よ」

　なんと、垣根忠之助つまりは〈亀屋東西〉は、〈書楽〉でもあり、恭史郎が敵意を剝き出しにしていた〝ボーッとした戯作者〟でもあったということだ。

　男三人、酒を呑みながら、話をする。忠之助と恭史郎がこれほど打ち解けて話すのは、初めてのようだった。

　忠之助に敵意を持っていた恭史郎も、その経緯を知ると、――こいつも色々たいへんだったのだな――という思いが生まれた。

　――この男は、色々な経験をしているがゆえに、あれほど面白い戯作が書けるのかもしれない。この男をなまっちろい奴などと莫迦にしていたが、己の人生のほうがよほど〝なまっちろい〟のではあるまいか――

　自分を恥じる思いで、恭史郎は俯く。忠之助は、恭史郎に酒を注いだ。

「いやあ、私、目覚殿の戯作が好きでね。いつも読ませてもらっているから、今夜はとても嬉しいんだ。こうして一緒に酒を呑めて」

　忠之助の穏やかな笑みに、恭史郎はなんだか胸が痛む。

　お園は、忠之助と恭史郎の仲を取り持つような料理を出した。

「おおっ、これは旨そうだ！」

二人は声を上げる。

鱈と鰤《ぶり》が両方入った、贅沢な鍋だ。葱を胡麻油で炒め、水、酒、醤油、味醂、鰹出汁を加えて煮る。そこに鱈と鰤を入れ、煮込んで出来上がりだ。

この鍋は、魚の他は炒めた葱を入れるだけで、充分過ぎる美味しさである。

「鱈と鰤、どちらがどちらか分からんな」

「どちらでも、いいではないですか。早速、いただきましょう」

「分け合って、召し上がってくださいね」

お園が微笑む。

鍋を突き合って、仲を深めてほしいと思ったのだ。

温かな鍋が、二人の心を通わせてくれる。鱈も鰤も、優しく穏やかな味わいだ。

お園は思った。

――二人とも、真の好敵手になれるのではないかしら――

その後、吉之進は、同心の北村佐内《きたむらさない》に会いに行き、〈書楽〉の一連のこと、そして円蔵が過去に犯したこと、今も馬屋であくどく儲けていることなどを話した。佐内は、同心時代の同輩で、江戸に戻ってきた吉之進のことを親に告げ口《つ》した男である。

「よくもあの時は。お主には貸しがあるのだから、ちゃんと動いてくれよ」

吉之進は佐内を睨んだ。

やがて忠之助の最終話が書かれて話題となり、佐内もこれは見逃せないと思ったのか、与力などに話して、円蔵を捕らえる向きへと一気に進んでいった。

六

お縄につく前、佐内に頼んで内証《ないしょ》で岩舘屋円蔵を〈福寿〉に連れて来てもらい、忠之助と対面させた。

店はまたも貸し切りにし、お園は二人を小上がりへ座らせた。忠之助は円蔵に向かい合い、ちらちらと窺っているものの、円蔵は不機嫌そうに顔を伏せている。

私腹を肥《こ》やしてきた円蔵と、辛い思いもしてきたであろう忠之助は、正反対の趣《おもむき》であるが、耳の形がとてもよく似ていた。福耳というのであろうか、耳朶《みみたぶ》がふっくらと垂れている。

お園は円蔵に本日どうして呼んだのかを告げた。

忠之助が岡場所の女との実の息子であること、〈書楽〉でもあることを知ると、円蔵はバツが悪いのだろう、さらに気まずい雰囲気になった。

忠之助も円蔵も、何も話さず、目も合わせようとしない。お園は思った。

――岩舘屋さんは謝ることも出来ず、消え入りたいような気持ちなのでしょうね――

お園は、忠之助と円蔵に、鮟鱇《あんこう》の鍋料理、〝どぶ汁〟を出した。作るうちに、あん肝《きも》が溶け出して、どぶのように濁《にご》ることから、この名がついたという。

まずは鮟鱇の肝を潰して炒め、他の鮟鱇の部分も加え、大根や葱や豆腐に水も加えて煮込み、酒、出汁、味噌で味を調える。

鮟鱇の肝が溶け、見た目は少々おどろおどろしいが、旨みがたっぷりで、実に美味しい。

鮟鱇は、骨以外はすべて食べられるといわれている魚だ。鮟鱇を丸ごと使ったこの鍋は、とても贅沢ともいえる。

お園は、決して綺麗事では済まない二人に、敢《あ》えてこの〝どぶ汁〟を出したかった。

「鮟鱇の、〝どぶ汁〟です。名前に反してとても良いお味ですので、どうぞお召し上がりください」

二人は、黙ったまま、鍋を突き合った。お園は微笑んでいる。

「いくらどろどろに見えても、さすがは鮟鱇ですよね。美味しさに満ちています。鮟鱇の肝が溶けているからかしら。肝って、心のようでもありますよね」

親子で食べる最初で最後であるかもしれない料理を、嚙み締めて味わう、二人。

お園は、残った汁に御飯を入れ、雑炊を作った。雑炊も味が染み込んで、これまた蕩ける美味しさだ。二人が雑炊を食べ終えた時には、あれほど濁っていた〝どぶ汁〟は、綺麗さっぱり無くなっていた。美味しいものとして、すべて二人の躰に収まり、どろどろしたものは、跡形もなく消えていた。

蟠《わだかま》りは、消えただろうか。

円蔵は深々と頭を下げ、忠之助に謝った。

「申し訳なかった」、と。

忠之助は、円蔵の口から、ずっとその言葉が聞きたかったのだ。忠之助の心からも、どろどろした感情は、消え去っていく。

お園は最後に、芋金団を出した。

それを味わいながら、忠之助がぽつりと呟いた。

「父さんは薩摩芋が好きで、鮪や大根と一緒に煮たものが好物だったって、母さんから聞いたことがある。父さんが会いに来てくれた時は、台所を貸してもらって、母さん作ってたんだろう？　その料理、俺にも作ってくれたことがあったな」

円蔵は、ほろりと涙をこぼした。

行燈の仄かな明かりの中、忠之助も、お園も、円蔵を見つめる。円蔵は暫く黙っていたが、押し殺したような声を出した。

「お前にもだが、光枝には、本当に悪いことをしたと思う。……俺の母親と同じような運命を辿らせてしまった」

円蔵は、ぽつぽつと話した。

「光枝が作ってくれたのは、〝ヒカド〟という料理だ」

「ヒカド？」

「ああ、長崎の料理だ。……俺は、長崎の生まれで、母親は丸山《まるやま》の遊女だった。

祖母も丸山の妓《おんな》でね。南蛮《なんばん》人の相手をさせられ続けて、身籠《みごも》ってしまって産み落としたのが、母親だった。つまりは俺は四分の一、南蛮人の血が混じっているんだ。それで、小さい頃から苦労をしてね。母親は娼妓で、混血とあっては、虐《しいた》げられて当然だった」

丸山とは、唐人や南蛮人のお客も多い、長崎の遊郭である。

恭史郎が「なまっちろい」と言っていたように、忠之助は確かに肌や目や髪の色が、普通より薄いように見えるのだが、その訳がお園は分かったような気がした。円蔵が彫りの深い顔立ちという訳も。二人とも、南蛮人の血が混ざっているのだ。

「そんな辛い毎日でも、時折、母が妓楼《ぎろう》の台所を借りて作ってくれたんだ。ヒカドを。それが旨くて、旨くて、その味を忘れられなくてね。光枝にそれを話したら、作ってくれるようになったんだ。あいつの作ってくれたヒカドも旨かった、実に」

円蔵は遠い目をして、話し続ける。

「俺の母親も光枝と同じように、躰を壊して早くに亡くなってしまった。俺はそのとき十になったばかりで、妓楼を追い出されて、それからは生きる為なら何でもしたよ」

忠之助は瞬《まばた》きもせずに、黙って聞いている。父親と自分の生き様を、重ね合わせているのかもしれない。

「そんな暮らしの中で、俺は、この世で最も大切なものは金子だと知った。金子があれば、何でも出来る。何でも叶えられる、と。だから、どんな手を使っても金子を稼いだ。成功したかったんだ、俺は。長崎に居た時に、負け犬の辛さを、身に沁《し》みて分かっていたからな」

円蔵は大きな溜息をつき、苦い笑みを浮かべた。

「しかし、どうやらやり過ぎてしまったようだ。だが、最後に、遠い昔の純粋な心を、思い出すことが出来た。忠之助と……女将さんのおかげだ。ありがとう」

円蔵は深く頭を下げた。そしてゆっくりと頭を上げ、息子に向かって言った。

「お前は、こんな俺の息子というのに、俺と同じく苦労をしても、真っ当に頑張っているではないか。見上げたものだ」

「……はい。自分だけでなく、父さんと母さんが苦労したぶんまで、その苦労を糧《かて》にして、明るく楽しい将来へと変えていきたく思います。話を聞かせてくれて、こちらこそありがとうございました」

忠之助も父に向かって、丁寧に頭を下げた。

そして円蔵はお縄となった。しかし円蔵は、やけに晴れ晴れとした顔をしていた。

五品目　縁結び蕎麦

一

恭史郎が、ようやく新たな戯作を書き上げた。

「戦国時代を舞台とした、武将と食べ物の話」。それは、前に書いた話を、巧《たく》みに直したものであった。

恭史郎は新作に、〈福寿〉で学んだことを、反映させていった。板場のお園を眺めてにやけたりしていたのも、ただ見惚れていただけでなく、お園の態度や行いから、恭史郎なりに様々な教えを学び取り、それが戯作の案へと繋げられる、と思いついたからだったのだ。

まず初めに、〈書楽〉の戯作の騒ぎから学んだのは、「噂を鵜呑みにしてはいけない」ということだが、これは「信長の怒りに、光秀は本人に確かめず、噂を鵜呑みにしてしまい、疑心暗鬼に陥ってしまった」、という筋に。

次に学んだのは、奔放なお竹の言動から、「町人は町人らしい良さを持っている」ということだが、これは「信長は町人に近い自由な考え方を持っていたので、それに光秀はついていけなかった」、という筋に。

その次に学んだのは、里江の経緯から、「身分を捨てる者もいる」ということ、お咲の経緯から、「時には人を頼ることも大切」ということだが、これは「身分を捨てられず、妻を頼れなかった光秀の弱さ」、という筋に。

またその次に学んだのは、垣根の経緯を知った上での「己の未熟さ、経験不足」ということだが、これは「光秀も人としてまだまだ未熟であった。信長と比べても、色々な経験が足りなかった」、という筋に。

そして、光秀は思いきったことを起こしたが、その未熟さ、経験不足が、己に返るであろう、というところで幕を下ろす。

恭史郎は、お園が妹に作った料理から学び、信長と光秀の性格を、このように描いた。

信長は、縛られない自由な精神を持っており、それが魅力の武将であった。それゆえ多少横暴でも、ついてくる者たちがいたのだ。しかし、光秀にはそれが欠けていた。信長のように、庶民の中に入っていき、親しくするなどということも出来なかった。光秀は、色々な者に慕《した》われる信長を、嫉妬していただろう。そして光秀は信長を裏切ったが、周りの者を惹《ひ》きつけることも、上に立つことも、ついに出来なかった。

恭史郎は、〈福寿〉で過ごし、料理についても認識が変わった。〈福寿〉で様々な人を見て、色々な経験をし、恭史郎は、料理は豪華さということが大事なのではなく、どれだけの思いが籠められているかが大切なのだと知った。料理を作る側、出す側、出される側、食べる側、それぞれの。

それに気づいた時、お園の気持ちも、自分の浅さも、はっきりと分かった。だから、お咲がいなくなって皆で探した日、お咲の居場所を薄々知っていた上で、お園と吉之進をそこに二人で行かせたのだ。

なぜ恭史郎がお咲の居場所に気づいていたかというと、その日〈福寿〉に行く前、お咲と里江が連れ立って歩いているのを、見掛けたからだった。二人は、思案橋を渡り、小網町のほうへ歩いて行った。それゆえ、お咲がいなくなったと騒ぎになって、恭史郎は戯作者の勘を働かせ、——もしや、狂言なのだろうか——などと考えたのだ。

お園、吉之進だけでなく、周りの人たちの気持ちも踏まえて書き直してみたところ、今度は評判が良く、話題となった。

兄を危機から脱出させてくれたお園、そして〈福寿〉に集う皆に、文香はいまや感謝していた。そして文香は、お園と吉之進のことを、心から祝福出来るようにもなっていた。

〈福寿〉に集まり、お園の料理を味わいながら、忠之助も交《まじ》えて、吉之進と恭史郎は酒を酌み交《か》わした。

「新作は実に面白かったぞ！　信長の人間としての魅力も伝わってきたし、それに妬《ねた》んで破滅する光秀の弱さもしっかり描かれていた」

吉之進に新作を大いに褒められ、恭史郎は照れた。

「あれは、ここで学んだことから着想を得た。皆のおかげだ」

「色々な人たちと接することは、とても刺激になりますよね。目覚殿の新作も、私に大いに刺激を与えてくれました。私も負けてられません」

忠之助も、恭史郎の新作にとても感心し、意気込みを新たにする。

お園は皆に、心尽くしの料理を出した。

蚕豆《そらまめ》の天麩羅。小麦粉に鰹出汁と青のりも混ぜておき、それを塗《まぶ》して、揚げる。

筍と若布《わかめ》と油揚げの煮物。鰹出汁と酒と味醂と醤油で煮た。

野蒜《のびる》の酢味噌がけ。茹でた野蒜に、酢と味噌を併せたものを掛ける。

お園は〝蚕豆、筍、野蒜〟に、「空に向かって、真っすぐに、伸びていってほしい」という、三人への思いを籠めたのだ。

「この筍の煮物、味が染み込んでて絶品だ。筍と若布だけでも旨いのに、油揚げまで加わって、贅沢な」

「天麩羅もいいぞ。衣はさくっ、蚕豆はふっくらと、舌に心地良い」

「野蒜も美味しいです。この独特の味と匂いが堪らないですね。辣韭《らっきょう》に似ているけれど、もっと癖があって、でもその癖に嵌《はま》っていってしまうというか」

「独特の味と匂いか！　まるで我輩たちが描く戯作のようだな、野蒜とは。亀屋殿、我輩たちも味わい深く癖のある戯作を、書き続けようぞ」

「はい、お互い頑張りましょう、目覚殿！」

恭史郎と忠之助は、盃《さかずき》を合わせる。

「お前たち、良い好敵手になれそうだな」

吉之進に言われ、二人は笑顔で頷き合った。

もうすぐ卯月《うづき》。この時季の恵みの食材を使い、お園は腕を揮《ふる》う。

ひじきと人参の白和《しらあ》え、鰆《さわら》の西京焼き、楤《たら》の芽《め》の混ぜ御飯。

白和えには絹ごし豆腐を使った。味付けには醬油、味醂の他、白味噌も少々使う。

西京焼きは、白味噌・酒・味醂・醬油を併せたものに鰆を漬け込み、味を染み込ませてから焼く。

混ぜ御飯には、楤の芽の他に油揚げも使った。茹でて微塵切りした楤の芽と、細かく切った油揚げを、酒・味醂・醬油で味付けしながら胡麻油で軽く炒め、それを御飯に混ぜ合わせる。

お園の料理に、三人は歓喜する。

「こんなに旨いものが食べられて幸せだなあ」

「この混ぜ御飯、何杯でも食べられますね。白和えはさっぱりと、西京焼きはコクのある美味しさだ」

「参った、酒も御飯も進んでしまう」

三人の笑顔に、お園の心も温《ぬく》まる。

「喜んでいただけて嬉しいです。たっぷり召し上がってくださいね」

お園は、瓜実顔に優しい笑みを浮かべた。

暖かくなってゆく時季、恭史郎も懐が少し暖かくなり、連日のように呑みに行っている。

――お竹殿はどうしているだろう。亀屋殿に聞くに、まだ兄上のところに転がり込んだままのようだが――

恭史郎は、お竹の兄・岳市が営む小間物屋を訪ねようと、京橋に向かって歩を進めた。そこにお竹が居候している筈だからだ。

亀島町河岸《かめじまちょうかし》通りを歩いていると、大きな荷を背負《せお》った女がふらふらとやってくるのが見えた。行商なのだろう、道行く人に声を掛けている。

――おや？　あの女は――

恭史郎は気づき、目を見張った。行商の女は、お竹だったのだ。あの婀娜っぽさはどこへやら、紺絣《こんがすり》の着物を纏い、真剣な顔をして必死で物を売ろうとしている。

「お願いです、買ってくださいよぉ」

哀願するような声まで聞こえてきて、恭史郎は苦い笑みを浮かべた。

――お竹殿、ツケが廻ってきたのか、なかなか苦労しているようだな――

お竹は頑張るものの、誰もが無視して通り過ぎていく。肩を落とし、お竹は溜息をつく。恭史郎はお竹の前に立ち塞《ふさ》がり、野太い声で訊ねた。

「煙草はあるか？」

お竹は伏せていた顔を上げ、ぎょっとしたように目を見開く。恭史郎はにやりと笑った。

「あるかと訊いているのだ」

「あ……はい、ございます」

お竹は慌てて背中から荷を下ろし、刻み煙草を取り出し、恭史郎へと渡した。

「ふむ。もう一つくれ」

お竹は「どうも」と頷き、言われたとおりもう一つ煙草を差し出す。恭史郎はお代を渡し、言った。

「釣りはいらんよ。なんだ、今は行商をやっているのか？」

お竹は顔を伏せ、答えた。

「兄さんのところに厄介《やっかい》になっていて、兄さんが『ぶらぶらしてるんだったら商いを手伝え』って。『お前は行商で小間物を売ってこい』って言われて、こうしてやってるって訳です」

恭史郎は再びにやりと笑う。

「妾業はどうした。廃業か？」

お竹は唇を尖らせた。

「色々あって、私も懲《こ》りましたんでね……。良い人が見つかるまで、暫くは兄さんを手伝って、真面目に行商でもしようかと」

「ほう、それは良い心掛けだ。見直したぞ！　我輩だって、良い戯作を書けぬと苦心して、今がある。莫迦にしてくれたが、今度の戯作は当たっているぞ！」

得意げに言う恭史郎に、お竹は声を上げた。

「それはおめでとうございます！　では、お暇な時に、お酒でも御馳走してくださいな」

殊勝《しゅしょう》に微笑むお竹に、恭史郎の目尻も下がる。痛い目に遭っても、ちゃっかりしたところは変わらないらしい。

「よし、じゃあ、呑みに行こう！　馳走するぞ！」

恭史郎は勇ましい声を上げ、悠々と歩き始める。お竹は「ありがとうございます、旦那！」と、お尻を振りながら後をついていった。

この頃は、なかなか日が暮れないが、時々肌寒いことがある。衣替《ころもが》えは卯月朔《さく》日《じつ》なので、皆まだ袷《あわせ》を着ている。

「早く暖かくなるといいわね」

夕餉の刻、お園はお客に〝蕗《ふき》の薹《とう》と白子《しらす》の混ぜ御飯〟を出した。

茹でて刻んだ蕗の薹と白子を、酒と醬油と味醂で味付けしながら胡麻油で炒め、それを御飯に混ぜたものだ。

「蕗の薹のいい香りがふんわり漂って、美味しいわあ」

お波がほくほく顔になる。八兵衛も勢い良くかっこんでいた。

「蕗の薹と白子って合うんだな。優しい味わいだ」

他にお篠とお咲の母娘もいて、お咲も夢中で頰張っていた。そんなお咲を、お篠は目を細めて見る。

「この子、〈福寿〉さんにお邪魔するようになってから、好き嫌いなく何でもよく食べるようになって、丈夫になりました。お園さんが、この子に食べることの喜びを教えてくださったおかげです。改めて、ありがとうございます」

「そんな……。お咲ちゃんが元気になってくれて、私も嬉しいです、本当に」

お園もお咲を、優しい眼差しで見つめた。すると戸が開き、威勢の良い声を上げて善三が入ってきた。

「お待たせっす！　酒持って参りやした！」

「あら、善ちゃん、ありがとう」

お園に言われるまでもなく、善三は「ちょっと失礼しやす」と、酒を板場まで運ぶ。

「おお、御苦労さん」

八兵衛に声を掛けられ、善三は「どうも」と返す。お篠と目が合い、善三は照れくさそうに頭を下げた。

善三が板場から戻ってくると、お波が言った。

「ねえ、善ちゃん、近頃お篠さんのお家に遊びにいったりしてるそうね。お咲ちゃんも一緒に、三社祭《さんじゃまつり》に行ったとか」

慌てたのだろう、善三は躓《つまず》きそうになる。

「どっ、どっ、どうしてそれを……誰が言ったんですか？」

お波は善三をちらと見て、ふふんと笑った。

「お篠さんから聞いたの」

「そうなんです。お話ししてしまいました」

お篠とお咲は微笑みを浮かべ、善三を見つめる。混ぜ御飯のお代わりを頬張りつつ、八兵衛が言った。

「いいじゃねえか、仲が良くてよ。それも、お篠さんとお咲ちゃんみたいな美人の母娘となんて。恵まれてるぜ、お前さん」

お篠はお咲の頭を撫《な》でつつ、善三に美しく流し目を送る。

「善三さん、この子がいなくなった時も懸命に探してくださって……いい方ですもの、本当に。可愛らしくて」

善三の顔がみるみる赤くなる。八兵衛が追い打ちを掛けた。

「お前さん、年上の女《ひと》、好きそうだもんな。いきなり可愛い娘が出来るってのも、いいもんだぜ」

善三は、まさに火でも噴き出しそうな勢いで、いっそう顔を赤らめる。お咲はそんな善三を、目をぱちぱちとさせて見ている。お波も含み笑いが止まらず、肩を震わせていた。

「あのっ、そのっ、あの」

言葉にならないことを繰り返す善三に、お園も微笑んだ。

「善ちゃん、せっかくだから、御飯を食べていかない？　蕗の薹と白子の混ぜ御飯。蕗の薹って、冬が終わると芽吹くでしょう？　新しい芽が出ますように、って。幼魚の白子には、これからの発育を期待して」

皆に一斉に見つめられ、

「もう、勘弁しておくんなさい！」

善三は悲鳴を上げた。

二

「お師匠様、ありがとうございました！」

「うむ、気をつけて帰れよ」

寺子たちを送り出し、吉之進が片付けていると、障子戸に影が映った。編み笠《あみがさ》を被った影に、吉之進は——おや？——と思う。

「どなたですか？」

障子戸を開けると、編み笠を目深《まぶか》に被った着流し姿の男が立っていて、吉之進は声を上げた。

「父上……」

吉之進の父である吉之助は、黙って編み笠をそっと上げ、片目を瞑って笑みを浮かべた。

吉之進は驚きつつ、父親を中に入れた。

「ほお、ここがお主の住処か。結構、片付いてるじゃないか」

吉之助は顎をさすりながら、家の中をじろじろと見回す。上がり框を踏み、適当なところに腰を下ろし、吉之助は持ってきた酒を差し出した。

「一緒に呑もうと思ってな。どうだ」

悪戯《いたずら》っぽく笑う父親に、吉之進は溜息をついた。

「……いただきましょう」

「そうこなくてはな」

二人は差し向かいで、酒を酌み交わした。

「何年ぶりだろうな、こうして一緒に呑むのは」

吉之助がぽつりと言う。吉之進は黙っていたが、心の中には様々な思いが行き過ぎた。

この親子には、長い間、確執があった。嫡男であった井々田吉之進は父親の跡を継ぎ、同心となり立派に務めていたが、好いた女の死がきっかけで、勝手に仕事を辞めて放浪の旅に出てしまったのだ。

好いた女の名は紗代といい、武家ではあるが貧しい家の娘であった。紗代は、いわば吉之進が同心であったがゆえに、死なせてしまったようなものだった。それゆえ吉之進の悲しみも計り知れないものであったが、それに追い打ちを掛けるように、父親と母親が、非情なことを言ったのだ。『紗代さんのことは、なかったことにしてしまいなさい』、『あの娘が生きていたところで、そんな貧しい家の娘をおいそれと井々田家に迎える訳にはいかなかった』、と。

若かったこともあり、その時、吉之進は酷く傷ついた。吉之進は心の中で、思ったのだ。

——紗代の家を貧しいとは言うが、同心だって三十俵二人扶持《ぶち》ではないか。そんなに偉そうなことを言えるような身分ではない——

吉之進は物心ついてからずっと、両親に対して不満を持ってはいたのだ。それは、このような思いであった。

——いったい何ゆえに、それほど武家ということを自慢し、自分たちより少しでも身分の低い者を見下すのだろう——

吉之進には、親たちの高過ぎる矜持は、少し異様にも見えていたからだ。それでいて父親の吉之助は、与力などには頭が上がらず、いつもぺこぺこしている。

紗代のことがあったずっと前から、吉之進は、両親に対して、武家というものに対して、疑問を抱いていたのは確かであった。

そしてついにその疑問や不満が爆発し、逃げ出すように放浪の旅へと出てしまったのだが、山奥で出会った剣の師匠・黒柾《くろまさ》に頼み事をされ、どうしても江戸へ戻らなければならなくなってしまった。久方ぶりに戻ってきた江戸で、幼馴染だったお園と再会し、お園が料理で人を励ましていく様に心を動かされ、自分も何か人の為になりたいと寺子屋を始めて、今に至る。お園の優しさや温もりが、吉之進の傷をすっかり癒してくれたのだ。

お園や〈福寿〉の仲間たちと離れ難く、あんなに嫌っていた江戸で再び静かに暮らしていたのだが、同心の同輩だった北村佐内に告げ口され、親の知ることとなってしまった。江戸へ戻ってきて父親と顔を合わせるのは、今日で二度目だ。吉之進は思っていた。

――前に会った時に、家には戻らぬと、父上にはっきり言った筈だ。では今日はいったい、どういうつもりでここへ来たのだろう――

親子二人、互いの腹の内を探るように、静かに酒を啜る。陽が重くなってきて、障子に茜が差すのを眺めながら、吉之助が言った。

「お主は、雪江がどうしてわしと一緒になったか、知っているか？」

「え？」

吉之進は、父親の横顔に目をやった。吉之助は微かな笑みを浮かべ、障子のほうを見ている。

「お主、不思議に思わなかったか？　雪江の家系は表右筆で、おまけに旗本だ。わしより、はるかに格上だろう。どうしてあの気位の高い雪江が、格下の家柄のわしと一緒になったと思う？」

吉之進は黙ってしまった。確かに疑問に思ったことはあったが、両親の馴れ初《なそ》めなど今までたいして気にも留めなかったのだ。だが、改めてそう言われると、不思議なようにも思われてくる。

吉之助は酒を一口啜って、続けた。

「男に捨てられた雪江を、わしが引き受けたんだよ。あの頃、『傷物』と陰口を叩かれていたが、そんなことはどうでもよかった。だから、あいつを貰《もら》った。あいつの両親に、頭を下げて」

初めて聞く両親の話に、吉之進は目を見開く。握った拳が、微かに震えた。吉之助は変わらずに、茜色に染まっていく障子を眺めている。

「わしと雪江はそれほど親しくはなかったが、小さい頃から互いを知っていた。そしてわしは好いていたんだ、あいつを。だが、高嶺《たかね》の花だ。雪江はそれは美しく育ち、本来なら良いところに嫁ぐ筈だったんだが……」

吉之進は瞬《まばた》き一つせずに、父親の横顔を見ていた。吉之助の頭髪は、殆ど真っ白になっている。

「いつしか噂は広まり、雪江は『傷物』と後ろ指を差され、縁談が纏まらなくなった。それで、あいつの両親もどうしようと悩んでいたところに、わしが申し出た」

吉之助は照れたような笑みを浮かべた。その時のことを、思い出したのだろう。

「それで雪江は、井々田家へ嫁いできたんだ。わしは雪江にとって良き夫であろうと、努《つと》めた。……だが、雪江の心には、やはりどこかに——失敗してしまった——という思いが残っていたんだろうな。それは、あいつの態度や言葉の端々《はしばし》からも、分かったよ」

吉之助は笑みを浮かべてはいるがとても寂しげで、——父上のこんな顔を見るのは初めてだ——と、吉之進は思った。

「雪江のそのような屈折《くっせつ》した思いが、余計に『武家』、『家の格』ということに拘らせたのだろう。雪江のそのような気持ちを知り、妻にそのような思いを抱かせてしまった己に対する不甲斐《ふがい》なさもあって、わしもまた屈折した思いから、いつしか『武家』や『家の格』といったものに拘ってしまうようになった。そして、『家の格の違い』というものが、しこりとして残っていくようであれば、出来る限り初めから避けたほうがよい、と。それゆえ、お前と紗代さんのことは、よく思っていなかったんだ」

吉之進は何か言おうとしても、口の中がからからに渇いていて言葉が上手く出てこず、酒をぐっと呑み干した。

障子に差す茜は、弱まってきた。どこからか七輪で魚を焼く匂いが漂ってきて、無邪気に遊ぶ子供たちのはしゃぎ声、鳥の啼き声も聞こえてくる。

吉之助はまだ障子に目をやりながら、話を続けた。

「だがな、今頃になって、わしも雪江も、そんな拘りが消えた。それは、お前のことがあって、陰でお前や……お園さんのことを見ていたからだ。武家だとか家柄に拘っていた自分たちが、情けなくなってしまったんだよ。実は如月に入ってすぐの頃、雪江と二人で一度〈福寿〉に食べに行ったのだ。こっそりと、少し変装までしてな」

吉之進は目を見張った。吉之助は悪戯っぽい笑みを浮かべている。

「その時、どんな料理を出されたと思う？　わしも雪江も、初めて食べるようなものだった。河豚の白子《しらこ》と、つる芋というものの煮物でね。雪江の奴、何食わぬ顔で、お園さんに作り方などを訊いていたよ。もちろん素性は明かさなかったが、お園さんは親切に教えてくれた。河豚も、つる芋も、御縁のあった人たちから分けてもらったと言っていたな。武家の者は、河豚をあまり食べないだろう。お園さん曰《いわ》く、つる芋も武蔵野《むさしの》で採れるもので、江戸では珍しいとのこと。だからどんなものか恐る恐る口にしたのだが、いやあ、実に旨かった！　雪江とも言っていたんだ。河豚の白子って蕩けるようでこんなに旨いのか、つる芋だってほくほくして堪らない、この世にはまだまだ知らぬ美味しさが沢山あるのだな、と。そしてその美味しさ、楽しさに気づくには、つまらぬことに拘っていては駄目ということだ」

いつもは寡黙《かもく》な吉之助だが、今日はなかなか饒舌《じょうぜつ》だ。吉之助は、こんなことも話した。

「そうしたら雪江は、夢中で食べるわしを見て、面白いことを言ったのだ。『河豚って可哀想ね、こんなに美味しいのに、毒があるというだけで人に忌避されてしまって。色眼鏡で見られるって、辛いことですものね』、と。それゆえわしは、笑いながら返してやったよ。『そうか？　可哀想でもあるまい。河豚が好きで好きで堪らないという者もいるのだ。それに、食べられる河豚にとって、人からどう見られようが関係あるまい。河豚は河豚で、その生を生きておる。それが真実なのだから、河豚は堂々としているはずだ。人間もそうだろう。男、女、その生が真実なら、人から何を言われようが堂々としていればいいのだ。そうしていれば、心底好いてくれる者が、必ず現れる』、となお園さんが作ってくれた河豚の料理から、こんな人生訓まで飛び出すとは。我ながら驚いた。……あいつも、泣き笑いのような顔をしていたよ」

吉之助は息子に、笑みを掛けた。

「お園さんのその料理を食べて、わしたちは今まで何にそれほど拘っていたのだろうと、莫迦らしくなってしまったんだ。『自分たちはなんて愚かだったのだろう』と、二人で話した。雪江もお前に対して言っていた。『良い人に出会ってくれて本当によかった』、と。そして、わしに対しても涙をこぼして謝ったさ。『もう遅いかもしれないけれど、せめて今からでも、真の意味で良い妻になりたい』、とね」

吉之進は思った。

――母上は、ようやく心を改めることが出来たのだな。『あのような状態だった私を受け入れてくれたのに、失敗したなどという思いを抱いていた自分が恥ずかしい』、と。母上のそのような気持ちは、父上にもはっきり伝わっただろう――

吉之助は眼差しを障子から吉之進に移し、真っすぐ見つめて、言った。

「長い刻《とき》が掛かったが、わしと雪江は、ようやくまことの夫婦になれそうだ。そしてそれは、お前とお園さんのおかげでもある。お前たちを見ていて、わしたちも教えられたのだ。礼を言わせてもらうぞ。吉之進、ありがとう」

父親に頭を下げられ、吉之進の胸に熱いものが込み上げる。これほど正直に話してくれた父親に、吉之進は感謝をした。涙を堪えつつ、吉之進も父親に向かって、頭を下げた。

「私のほうこそ、これほど素直で正直な思いを聞かせてくださって、まことにありがとうございました。どうぞ母上と、いつまでも仲良くいらっしゃってください」

「で、どうするんだ？」

「はい？」

吉之進が頭を上げると、吉之助が微笑んでいた。

「お園さんとのことだ」

「父上……」

吉之進は目を見開き、言葉を失う。吉之助は腕を組み、にやりと笑った。

吉之助が息子の盃に酒を注ぐ。吉之進も父親の盃に、注ぎ返した。二人は再び静かに酒を呑む。暗くなってきたので、行燈に明かりを灯す。吉之助が言った。

「腹が減ったな」

「ええ、何か作りましょうか」

「お主の作ったものなど別に食いたくないわ。……〈福寿〉に食いにいこう」

父親と息子の眼差しがぶつかり合う。吉之助は笑んだ。

三

「ありがとうございました。お気をつけてお帰りください」

お園は最後の客を送り出し、ふぅと息をついた。

――今日も忙しかったわ。さすがに疲れたわね――

自分で肩を揉みながら、首を軽く回して凝《こ》りをほぐす。板場を片付けていると、戸ががらがらと開く音が聞こえた。

――吉さんかしら――

胸を高鳴らせて板場を出ていくと、案の定、吉之進が立っていた。連れの男もいる。

「いらっしゃいませ」

そう言いながら、お園は――どなたかしら――と考えを巡らせる。そして、あっと叫びそうになった時、連れの男が口を開いた。

「お久しぶりです。覚えておいでかな？　吉之進の父、井々田吉之助です」

お園は一瞬、言葉を失ったが、姉さん被りを取って、深々と頭を下げた。

「お久しぶりでございます。私が小さい頃は、両親の店によく食べにいらしてくださって、まことにありがとうございました。……こんなお店でお恥ずかしいですが、どうぞお上がりになってくださいまし」

緊張のあまり、声が震えてしまう。吉之助は、お園に優しく微笑んだ。

「いや、素敵なお店です。あんなに小さかった貴女が、今では立派に切り盛りなさってるんだものな。今日は楽しみにして伺いました。では、上がらせてもらいますよ」

「はい、どうぞ。今、お酒をお持ちしますので」

お園は板場へと飛んでいき、二人は小上がりに座った。お園が酒を運んでくると、吉之進が言った。

「父上は腹が減っているようなので、店が終わった後で申し訳ないが、何か作ってくれないか。本当はもっと早く来ようとも思ったのだが、ゆっくり出来るのはやはりこの刻だからな。父上にも待ってもらったのだよ」

「まあ、そうなのですか。では、早速お作りします。何がよろしいでしょう」

お園が訊ねると、吉之助は即答した。

「蕎麦をお願い出来ますか。貴女の御父上が作った蕎麦は、本当に旨かった。今度は、是非、貴女が作る蕎麦を、味わってみたいのです。そうだな、掛け蕎麦がいい。葱だけが掛かった、すっきりした蕎麦が」

お園の胸に、いくつかの面影《おもかげ》が蘇る。蕎麦屋を営んでいた両親、そして一番辛かった時にお園を助けてくれた老婆の。大切な想い出は、いつも蕎麦と繋がっていたように思えた。何故《なぜ》だろう。

お園は吉之助を真っすぐ見つめ、頷いた。

「かしこまりました。お待ちくださいませ」


板場へ戻り、お園は一心で蕎麦を打った。つなぎ粉と蕎麦粉を二対八の割合で混ぜ、水を加えて、捏《こ》ねて練り、丸めて伸ばし、折り畳んで切る。

――どうか少しでも美味しいお蕎麦を、吉さんのお父様に召し上がっていただきたい――

お園は、ひたすらその思いを籠めて、混ぜ、捏ね、伸ばし、蕎麦を作った。

お園の頭に、蕎麦屋を営んでいた両親の顔が浮かんだ。幼い頃から店を手伝い、蕎麦の打ち方は、父親の姿を見て学んだ。父親も母親も厳しいところもあったが優しくて、お園は敬《うやま》っていた。

――二人とも頑固《がんこ》だったけれど、あのお父さんとお母さんに育ててもらって、本当によかった――

お園は素直にそう思っている。

――吉さんと知り合ったのだって、お父様に連れられて、うちのお店によく食べにきてくれたからだもの。そういえば、小さい頃、お店のお手伝いをしながら、思っていたのよね。いつか、吉さん、そしてお父様にも、私の打ったお蕎麦を食べてほしいって――

長い年月を経て、ようやくその願いが叶《かな》いそうだ。お園の胸が熱くなる。

十二歳の時に父親を、十四歳の時に母親を亡くし、お園は料理屋に奉公に出た。懸命に働くうちに清次と知り合い、所帯を持ったが、夫は突然失踪《しっそう》してしまい、お園は辛い日々を送ることに。そんな時、心身共に疲弊《ひへい》して倒れたお園を救ってくれた老婆がいた。老婆はお園を抱き起こし、蕎麦を御馳走してくれたのだ。凍《こご》えるように寒い夜、その一杯の蕎麦が、お園をどれほど温めてくれただろう。老婆は口数少なかったが、お園を励ましてくれた。お園は老婆とその蕎麦に助けられ、立ち直っていったといっても過言ではない。

――あの時、私ははっきり気づいた。料理には力があるんだ、って。人を励ますことも、癒すことも、温めることも出来る。あのお蕎麦に私が力をもらったように、料理を通じて、私も皆に力を与えていきたい。そう思うことが出来た――

蕎麦を打つ手に、いっそう力が籠る。柔らかだけれど、こしのある蕎麦。その蕎麦が、大切な人たちと結びつけてくれていたのだろうか。しなやかだけれど、決して途切れない縁を。

汁《つゆ》は、鰹節で出汁を取り、それに醤油と味醂を併せて作る。単純だが、さっぱり良い汁に仕上がる。

茹でた蕎麦にそれを掛け、刻んだ葱を散らして出来上がりだ。

お園はその蕎麦を、二人に運んだ。

「これはこれは。ああ、良い匂いだ」

掛け蕎麦の匂いを吸い込み、吉之助は目を細める。まずは汁を啜り、「うむ」と頷き、蕎麦をずずっと啜った。吉之助はゆっくりと嚙み締め、味わい、吞み込み、再び汁をずずっと啜って、静かに言った。

「いやあ、実に旨い。この蕎麦には、お園さん、貴女の飾《かざ》り気のない、素直な優しさが満ちていますよ。味わえば味わうほど、奥深い」

「……ありがとうございます」

吉之助の言葉に胸を打たれ、お園は感極まって思わず涙が滲む。

吉之助は笑みを浮かべて、蕎麦を食べた。一本一本を、丁寧に味わうように。

〈福寿〉に、蕎麦と汁を啜る音が、響く。吉之助は思っていた。

――この二人は子供の頃から、この蕎麦のように、細くても長い縁で、しっかり結びついていたのだろう。……そして、二人のその縁は、わしと雪江をも新たに結びつけてくれた――

蕎麦の美味しさが、いっそう吉之助の胸に沁《し》みていく。汁一滴まで残さずに綺麗に平らげ、吉之助は「御馳走さまでした」と手を合わせた。

「こんなに旨い蕎麦を食べたのは、お世辞ではなく、初めてですよ。貴女の御父上がお作りになった蕎麦も美味しかったですが、お園さん、貴女、御父上を越えていってらっしゃる」

「そんな……とんでもありません」

お園は恐縮して肩を竦める。吉之助は笑った。

「御謙遜《ごけんそん》なさらず！　……いや、今夜お園さんのお料理をいただいて、安心しました。お園さんになら、吉之進を任せられます」

お園は目を見開き、再び言葉を失う。吉之進を見ると、照れくさそうに微笑んでいる。

吉之助はお園に頭を下げた。

「不肖の息子ですが、よろしくお願いします」

吉之進は立ち上がって土間に下り、お園の背をそっとさすった。吉之助はそんな二人を、優しい眼差しで見つめる。吉之助の目も、微かに潤んでいるようだった。

吉之助が帰り、お園は吉之進と二人きりになった。二人とも温もりを抱きながらも、照れているのか、口ごもってしまう。

お園は吉之進と目を合わせるのも恥ずかしく、「燗を付けましょうか」と、板場へと行こうとした。

すると吉之進が呼び止めた。

「その前に、言っておきたいことがある」、と。

お園は、吉之進と向き合った。行燈が灯る静かな店の中、吉之進はお園を見つめた。

「改めて、はっきりと分かった。俺には女将……いや、お園さんが必要だということを」

「……はい」

頷く、お園。吉之進は一歩お園に近づき、声を少し落とし、続けた。

「あの……文香のことだが。もしや見られたかと。誤解ないよう、これもはっきり言っておくが」

「大丈夫です。……分かってます」

お園は吉之進を遮り、微笑んだ。

「そうか」

掠れる声を出し、吉之進も微笑みを返す。

二人は、静かに見つめ合った。好いてる人の目の中に、自分の姿が映っていることの喜びを、嚙み締めながら。


弥生も終わりだが、ちらほらと遅咲きの桜が町を彩っている。

寒さがぶり返したような中、冷たい風に吹かれて西堀留川沿いを吉之進が歩いていると、声を掛けられた。

「吉之進様、こんにちは」

振り返ると、文香が微笑みながら立っていた。

「これからどちらへ？　……まあ、聞かなくても分かりますけれど」

吉之進も訊き返した。

「文香こそ、どちらへおいでかな？」

「ええ……あたくしは、〈山源〉さんへ御飯を食べに。本当は〈福寿〉さんで食べたいのですが、お邪魔なようですから」

「参ったな」

二人は顔を見合わせ、笑みを浮かべる。

吉之進は言葉に出さなかったが、思っていた。

――文香、やけに穏やかな顔になったな。こうして見ると、可愛らしい普通の娘なのだ――、と。

「では」

文香は丁寧に礼をし、〈山源〉のほうへと歩いていく。

その後ろ姿を見送り、吉之進も〈福寿〉へと向かった。

文香は、吉之進に黙っていたことがあった。吉之進に失恋した後、吉之進の母親の元へ行き、「伯母様、どうかあの二人のことを認めて差し上げて」と、訴えたのだった。

「あたくし、吉之進様に振られてしまったわ。悲しかったけれど、もう平気。お園さんの素敵なところに気づいて、反省したの。吉之進様、あたくしではなく、お園さんを選んで当然よ。お園さんは、周りを幸せにする方だわ。吉之進様とお園さんは、お互いにお互いが必要なのよ」、と。

雪江はそのことを夫に伝え、二人で話し合った末、吉之助が吉之進の元を訪れたという訳だった。

文香は〈山源〉に着くと、店の前で空を見上げ、呟いた。

「まあ、雪……」


昼餉の後の休み刻、小上がりに二人で座り、お園と吉之進はのんびりお茶を啜った。

「寒くないか」

「大丈夫」

二人は静かに見つめ合う。

すると戸が開き、お咲が愛らしい顔を覗かせた。続いて、お篠、里江も。

「先だっては御迷惑をお掛けしました」

三人は頭を下げ、里江が代表して、包みを差し出した。

「皆で淡雪羹を作って、持って参りました。お二人で召し上がってください」

真っ白な菓子は、婚礼を思わせる。

お咲が微笑んだ。

「女将さんは優しいから、いつも他の人のことばかり。でも、自分の為に我儘仰ってもいいんですよ」

お篠と里江も、にっこり微笑む。

お咲のその言葉は、いつぞや淡雪羹を渡す時、お園がお咲に言ったことであった。

密やかな楽しみ、大切にしたい思いが詰まっている、淡雪羹。

今までお園が他人を救ってきたことが、自分に返ってきたのだろうか。皆に祝福してもらっていることがひしひしと伝わってきて、お園は涙ぐんだ。

「有難くいただきます」

お園と吉之進は深く頭を下げた。

三人は帰っていき、お園と吉之進は仲良く、ふんわりと柔らかな淡雪羹を食べた。

外は、季節外れの雪が、ちらほらと舞い散っている。

身を寄せ合う、二人。お園は吉之進に、礼を言った。

「ずっと支えてくれて、本当にありがとう」

二人の心は、雪をも融《と》かしてしまうほど、温かだった。

一〇〇字書評

切り取り線

購買動機（新聞、雑誌名を記入するか、あるいは○をつけてください）	
□（　　　　）の広告を見て	
□（　　　　）の書評を見て	
□ 知人のすすめで	□ タイトルに惹かれて
□ カバーが良かったから	□ 内容が面白そうだから
□ 好きな作家だから	□ 好きな分野の本だから

・最近、最も感銘を受けた作品名をお書き下さい

・あなたのお好きな作家名をお書き下さい

・その他、ご要望がありましたらお書き下さい

住所	〒				
氏名		職業		年齢	
Eメール	※携帯には配信できません		新刊情報等のメール配信を 希望する・しない		

この本の感想を、編集部までお寄せいただけたらありがたく存じます。今後の企画の参考にさせていただきます。Eメールでも結構です。

いただいた「一〇〇字書評」は、新聞・雑誌等に紹介させていただくことがあります。その場合はお礼として特製図書カードを差し上げます。

前ページの原稿用紙に書評をお書きの上、切り取り、左記までお送り下さい。宛先の住所は不要です。

なお、ご記入いただいたお名前、ご住所等は、書評紹介の事前了解、謝礼のお届けのためだけに利用し、そのほかの目的のために利用することはありません。

〒一〇一－八七〇一
祥伝社文庫編集長　坂口芳和
電話　〇三（三二六五）二〇八〇

祥伝社ホームページの「ブックレビュー」からも、書き込めます。
http://www.shodensha.co.jp/bookreview/

祥伝社文庫

縁結《えんむす》び蕎麦《そば》　縄《なわ》のれん福寿《ふくじゅ》

平成30年2月20日　初版第1刷発行

著　者　有馬美季子《ありまみきこ》
発行者　辻　浩明
発行所　祥伝社《しょうでんしゃ》
東京都千代田区神田神保町3-3
〒101-8701
電話　03（3265）2081（販売部）
電話　03（3265）2080（編集部）
電話　03（3265）3622（業務部）
http://www.shodensha.co.jp/

印刷所　堀内印刷
製本所　ナショナル製本
カバーフォーマットデザイン　中原達治

Printed in Japan ©2018, Mikiko Arima ISBN978-4-396-34394-1 C0193

祥伝社文庫の好評既刊

有馬美季子
縄のれん福寿《ふくじゅ》 細腕お園《その》美味草紙
〈福寿〉の料理は人を元気づけると評判だ。女将・お園の心づくしの一品が、人と人とを温かく包み込む江戸料理帖。

有馬美季子
さくら餅 縄のれん福寿②
生みの母を捜しに、信州から出てきた連太郎《れんたろう》。お園の温かな料理が、健気《けなげ》に悩み惑う少年を導いていく。

有馬美季子
出立《でた》ちの膳 縄のれん福寿③
一瞬見えたあの男は、失踪した亭主なのか。落とした紙片に書かれた謎の食材を手がかりに、お園は旅に出る。

有馬美季子
源氏豆腐《げんじどうふ》 縄のれん福寿④
〈福寿〉に危機が!? 近所に出来た京料理屋に客を根こそぎ取られた。だがお園は信念を曲げず、板場に立ち続ける。

今井絵美子
夢おくり 便り屋お葉《よう》日月抄①
「おかっしゃい」持ち前の俠《きゃん》な心意気で邪《よこしま》な思惑を蹴散らした元辰巳芸者・お葉。だが、新たな騒動が!

今井絵美子
泣きぼくろ 便り屋お葉日月抄②
父と弟を喪《うしな》ったおてるを励ますため、お葉は彼女の母に文を送るが、そこに新たな悲報が届き……。

祥伝社文庫の好評既刊

今井絵美子

なごり月

便り屋お葉日月抄③

日々堂の近くに、商売敵《がたき》・便利堂《べんりどう》が。店衆《たなし》が便利堂に大怪我を負わされるがお葉は痛快な解決法を魅せる！

今井絵美子

雪の声

便り屋お葉日月抄④

お美濃《みの》とお楽《らく》が心に抱えた深い傷に気づいたお葉は、一肌脱ぐことを決意するが……。〝泣ける〟時代小説。

今井絵美子

花筏《はないかだ》

便り屋お葉日月抄⑤

日々堂で代書をする龍《りゅう》之介《のすけ》は、儘《まま》ならぬ人生の皮肉に悩んでいた。悩み迷う人々を、温かく見守るお葉。

今井絵美子

紅染月《べにそめづき》

便り屋お葉日月抄⑥

龍之介の朋輩《ほうばい》、三崎《みさき》の許婚《いいなずけ》の登和《とわ》は耳を疑う告白を……。意地を張って泣くことも、きっと人生の糧《かて》になる！

今井絵美子

木《こ》の実《み》雨

便り屋お葉日月抄⑦

祝言を挙げて以来、道場に来ない三崎。そんな中、日々堂の宰領《さいりょう》の娘に大店の若旦那との縁談が……。

今井絵美子

眠れる花

便り屋お葉日月抄⑧

店衆の政女《まさじょ》を立ち直らせたい——情にあつい女主人の心意気に、美味しい料理が花を添える。感涙の時代小説。

祥伝社文庫の好評既刊

今井絵美子	今井絵美子	今村翔吾	今村翔吾	今村翔吾	今村翔吾	西條奈加
忘憂草	友よ	火喰鳥	夜哭鳥	九紋龍		御師弥五郎

今井絵美子

忘憂草（わすれぐさ） 便り屋お葉日月抄⑨

「家を飛び出したきりの息子を捜して欲しい」──源吾を励ますお葉。江戸に涙と粋の花を咲かす哀愁情話。

今井絵美子

友よ 便り屋お葉日月抄⑩

龍之介の無二の友、小弥太が失踪。彼の赤児には、妻の不義の子との噂が。小弥太の真意を知った龍之介は──。

今村翔吾

火喰鳥（ひくいどり） 羽州ぼろ鳶組（うしゅうぼろとび）

かつて江戸随一と呼ばれた武家火消・源吾。クセ者揃いの火消集団を率いて、昔の輝きを取り戻せるのか!?

今村翔吾

夜哭鳥（よなきがらす） 羽州ぼろ鳶組（とび）②

「これが娘の望む父の姿だ」火消としての矜持を全うしようとする姿に、きっと涙する。最も "熱い" 時代小説！

今村翔吾

九紋龍（くもんりゅう） 羽州ぼろ鳶組（とび）③

最強の町火消とぼろ鳶組が激突!? 残虐な火付け盗賊を前に、火消は一丸となれるのか。興奮必至の第三弾！

西條奈加

御師弥五郎（おんしやごろう） お伊勢参り道中記

無頼の御師が誘う旅は、笑いあり涙あり、謎もあり──騒動ばかりの東海道をゆく、痛快時代ロードノベル誕生。

祥伝社文庫の好評既刊

西條奈加
六花落々《りっかふるふる》
「雪の形を見てみたい」自然の不思議に魅入られて、幕末の動乱と政に翻弄された古河藩下士・尚七の物語。

柴田よしき
ふたたびの虹
小料理屋「ばんざい屋」の女将の作る懐かしい味に誘われて、今日も集まる客たち……恋と癒《いや》しのミステリー。

柴田よしき
竜の涙　ばんざい屋の夜
恋や仕事で傷ついたり、独りぼっちになったり。そんな女性たちの心にそっと染みる「ばんざい屋」の料理帖。

山本一力
深川駕籠《ふかがわかご》
駕籠《かご》舁き・新太郎は飛脚《ひきゃく》、鳶《とび》の三人と深川↔高輪往復の速さを競うことに——道中には様々な難関が！

山本一力
深川駕籠　お神酒《みき》徳利
尚平のもとに、想い人・おゆきをさらったとの手紙が届く。堅気《かたぎ》の仕業ではないと考えた新太郎は……。

山本一力
深川駕籠　花明かり
新太郎が尽力した、余命わずかな老女のための桜見物が、心無い横槍で一転、千両を賭けた早駕籠勝負に！